文芸社セレクション

あたしとわたしとメロンソーダ

伊吉　マリ

IYOSHI Mari

文芸社

目次

あたしとわたしとメロンソーダ

一

「もう、猫被るの、やめたら？」

彼はいつものように穏やかな声で、やさしく言った。

まさかデート中に、美味しいパスタを、このあとキスしても大丈夫なようにペペロンチーノは避けてトマト系のパスタにしたのを食べているときに、そんなこと言われるだなんて思いもよらなかった。

彼はまるで正解を言っているようで困った。いや、正解なんだけど。あたしは何と答えればいいのだろうか。

ちょうど、演じてきた人物像が未完成のまま、壊れそうだったんだ。だって、あたし、どうやらこのままじゃダメみたいだから。

「えーっと。何のことかな？」

一応、とぼける。

彼は「真面目」を着飾ったような青年だ。嘘は言わないし、冗談も言わない、と思う。

彼は言う。

「わからないの？　でもまあ、きみにとっては当たり前のことかもしれないよね。でもそろそろ、やめようよ。おれもやめるから」

おれ？　一人称、おれ？　あなた、だれ？

「えーっと、海斗くんだよね？」

「うん。おれもそろそろ限界なんだよね。だから、お互いネタばらしってことでいいんじゃないかな？」

海斗くんはあたしが今まで見たことがないような、ずる賢いような顔でニヤリ、と笑った。

あたしの演じてきた「わたし」は今日をもって、終わり、ということだろうか。何しろ自分以外の人間が何を考えているのか本気で知ろうとしたら、何十年もかかるだろう。何十年かかっても、知ることができない場合だって多いのだし。それなのに、付き合って三カ月の彼氏の話すことは、わからなくて当然とも言える。

「ネタ、ばらし？」

「そう。肩の荷物、降ろしていいよ。まあ、ほかのやつらの前では今まで通りみたいに振る舞ってあげるから安心して」

あたしたちは同じ大学に通っている。

「え～っと、いつからおわかりだったのでしょう？」

あたしは恐る恐る訊いた。

「はじめからだよ」

海斗くんはにっこり笑って、あたしを見た。

マジですか。海斗くん、恐るべし。ていうか、それじゃあ、あたし、騙されてたわけだよね？

海斗くんは爽やかで、一人称が「僕」で、やさしくて、レディファーストで、黒か白で言えば白って感じの人で、そう、タバコなんて吸わない好青年で、って、え。

「ごめん。一本行ってきていい？　あっちに喫煙ルームあったから」

「はあ」

頭が追いつかない。確かにあたしは「わたし」を演じてきた。可愛くて、男に好かれるような感じで、男が思わず手を差し伸べたくなるような女の子。はっきり言って、女友だちはいない。ひとりもいない。でも今回、それが未完成のまま壊れそうだった。なぜだかわからない。心がそろそろ悲鳴をあげていたのかもしれない。そんなときに、「肩の荷物、降ろしていいよ」って言ってもらえた。そんなの、驚き以外の何物でもない。

二

美戸部（みとべ）海斗くん。二十歳。同じ大学三年生。ハワイアンレストランのバイト先も同じで、でもバイト先では彼のほうが後輩だ。海斗くんから告白してきて、付き合うようになって三カ月。まさかこんなことになろうとは。彼が戻ってきた。

「あたし、一緒のときにタバコ吸われるの嫌い。今度からあたしのいないときに吸って」

海斗くんはまたニヤリと笑って、「お、やっと猫剥げたか！」とうれしそうに言った。

「どうやらお互い様みたいだから、まあいいや、と思って」

「そうそう、その調子」

「あたし、最近、壊れそうだったんだよね。だからちょうどよかった」

すると海斗くんは神妙な面持ちになった。あれ？　あたし何か変なこと言った？

「それ、やばいんじゃない？」

「何が？」と、あたしは答える。今まで一緒に寝た人たちの腕枕の感触が思い出され、消えた。

「自分が、自分の内面が崩壊しそうになるなんて、やばいじゃん。精神的にいっぱいいっぱいなんじゃねえの？　キャラ作りすぎてない？」

何だろう、この気持ちは。あたたかい。

「心配、してくれてんの？」

「そりゃ彼女だし」

まるで、まっさらの日差しに照らされたみたいだった。

「素のあたし見て嫌になったら、いつでも別れていいからね」

海斗くんは水をぐびぐびと飲んで、空になったグラスをバンッとテーブルに置いた。

んー、これは何だ？　怒っているのか？

「なんか、ムカつく、今の」

え、何で。

と、顔に出ていたのだろう。海斗くんはあとをつづけた。

「まず、おれ、そんなに心の狭いやつじゃねえし。それに、一応付き合ったからには大切にするし」

「おっとこまえー……」とあたしはぽつりとこぼしていた。

「ってことで、改めてよろしく、れもん」

「はい。よろしく。海斗」

初夏、緑が青々とその葉を染め上げるころ、あたし、浅見れもんと、彼、美戸部海斗くんは、三カ月越しに改めてカップルになった。


それからの海斗は、今までとはまったく違っていて、こう、何というか、ワイルドだ。主食がカップラーメンだったり、一人称が「おれ」だったり、自分の言いたいことは絶対言うし、あたしが落ち込んでるときは必ずその嗅覚を働かせて気付くし。爽やかで真っ白な好青年はどこへ行ったのやら。彼のひとり暮らしのワンルームの部屋は、以前はどんだけがんばって掃除していたんだよ、と思うほど、今では荒れに荒れているではないか。しかもそれが当たり前、みたいな顔をしているし。これは片付けたくもなるわ。

「いつも悪いねー、れもん。おれだって掃除しようと思ってんだよ。だけど」

「だけど、その前にあたしが掃除しちゃうんだよねー？」

「そうそう。おれだってやる気はあんだよ」

「はいはい。って、キャー！」あたしはその小さなキッチンで叫んだ。

「どうした、れもん！」海斗は一目散にあたしの元に来てくれる。

「出ました、出ました、あれです、あれ。スプレーでチャチャッとやってください！」

　海斗は「何だびっくりした。はいよ、貸して」とスプレー缶を求めた。

　そのあとは簡単。あたしは海斗のうしろに隠れて、退治されるであろうシャカシャカ動く茶色い物体を見たくないけど見ているだけ。こういうとき、海斗は頼もしい。

　海斗の背中が大きく見える。

「マジでもっと掃除したほうがよくない？　海斗。ワンルームなんだし」

　あたしがそう言うと、海斗は鼻をかきながら「かもな」と言った。

　本当かよ。

三

あたしは付き合っていてこんなに楽な気持ちでいられるのは海斗がはじめてだった。最初はちょっと猫被ってたけど。

しかし、「外」では猫被り大キャンペーン中なわけだ。

「お待たせしましたぁ。ロコモコのグレイビーソースのお客様〜。ごゆっくりどうぞ〜」

ホールからキッチンに戻る。

本日バイトのシフトが被っているのは、海斗と、同じくバイトの川村さんだ。ちょっと、つんとしている、二、三歳年上の女性。彼女は海斗に気があるのではないかと思う。ただの、女の勘だ。しかし、あたしと海斗が付き合っていることは店長以外、知らない。そもそも、あたしは川村さんに嫌われている節がある。まあ、同性から見れば、嫌われるタイプだもんな、あたし。男に媚びているように見られているのだろうか。まあ、あたしから川村さんに仕事以外で話しかけることもないから、とくに困らない。海斗は今日はキッチンに入っているので、ホール担当はあたしと川村さんだけだ。

　そのとき、四人組の男性客が入ってきた。あたしは一瞬で危険信号だと察知した。元カレだ。しかも川村さんは今ほかのテーブルに行っている。あたしが迎えるしかない。最悪だ。うーん、仕方ない。一瞬のことだ。よっしゃ、行こう。気合い、オン。

　いつも通り甘い声を出す。「いらっしゃいませ～。何名様ですか？」

　元カレは気付くだろうか。

「四人です、って。え、れもん？」

　あー、気づいたし。そりゃ気づくか。何、知り合い？　とか周りも言ってるし。

「あ、ああ。久しぶり～。偶然だね～」と言っておく。

「れもんちゃんっていうの？　かわいいね。何？　どういう関係？」

　彼は「元カノです」と連れの三人にきっぱりと言った。

「あはは～。まあ、そんな感じです」と苦笑するほかない。ほんと、苦笑のほかにできることはない。「お席ご案内しますね～。こちらどうぞ～」

　六歳年上の会社員。半年前に別れた。つまり、海斗のひとり前の彼氏ってわけだ。こいつの浮気が原因で別れたという、思い出したくない元カレだ。

「れもん、あのときはごめん。オレ……」

お〜！　っと三人の観客から歓声が上がる。ウザイ。

「わたし、今仕事中なんで」

「そ、そうだよな。ごめん。じゃあ終わったらこの番号に電話ちょーだい。待ってるから」

元カレはそう言うと名刺を渡してきて、携帯の番号を指さした。

「はあ。でも電話する確率は少ないと思います。理由はご自分でお考えください。では、ご注文決まりましたらボタンでお呼びくださ〜い」

キッチンに戻るとなぜか不機嫌顔の海斗と、これまた不機嫌顔の川村さんに出くわした。

嫌な予感がする。

「男性のお客さんから番号もらってるとか、店の品位が下がるんですけど」

と、川村さんが勝ち誇ったように言った。海斗は何も言わなかった。でもこちらの会話をしっかり耳ダンボにして聞いているようだった。

「友だちが番号変わったって言うんで、ついもらっちゃいました。すみません」

友だち、というコトバを強調した。すると川村さんはそれ以上突っかかることはなかった。その代わり、元カレのテーブルの注文をとりに行かされた。料理も全部、運ばさせられた。はっきりとした嫌がらせだ。わかりやすい。

「友だちなんでしょ？　だったらあなたが行ったほうがよろこぶんじゃない？　行ってらっしゃーい」

とか抜かす。ウザイ。友だちじゃねーし。

「何で電話番号、突き返さなかったわけ？」

夜十一時半、バイトが終わり、海斗の部屋でくつろいでいるときだった。海斗まで何だよ、と思うけど口には出さない。きっと、言ってしまえば、あって当然の何かが不足してしまうような気がしたからだ。だから、ただの説明をする。

「ああいう場面では受け取っておいたほうがいいの。受け取らなかったら、バイト上がりを待ち伏せされるのがオチ。はい、これ、経験済みね」

すると海斗が、缶ビールを飲み干しながら「じゃあ、次から一緒に帰りましょう～」とのたまった。

そんなことしたら付き合ってるの一発でバレるじゃん、とあたしが言うけれど、海斗は、

「そんなもん、どこか近くで待ち合わせすればいいだけの話だろ」

とさらりと言う。

まあ、確かにそうだ。

「れもん」

ベッドに座るあたしの隣に滑り込み、キスをしてきた。何だ、ただのヤキモチか。

「ごめん、ちょっと嫉妬した」

「海斗も嫉妬とかするんだな」

「おれを何だと思ってんだ」

「そりゃそーだよな」

うっかり変な価値観押し付けるところだった。危ない、危ない。

あたしからハグをする。海斗を混乱させないように。重い荷物を持たせないように。

「まだヤキモチ焼いてる？　ていうか、そんなに嫉妬してもらうほどの女じゃねえし、あたし」

「それはおれが決めることだ」

「なんかさ、あたしたち、ラブラブだな」

海斗がもう一度キスをしてきて、そのあと「だな」と言って笑った。一体、あたしなんかのどこがいいのだろうか。もっと素直で可愛い子、いっぱいいるのに。ありがたいけど。

あたしは海斗の愛を吸収し、倒れ、立ち上がり、揺らぐ。そしてまた愛を求める。海斗との恋愛は、あたしの今までの恋愛ごっことは少し、いや、だいぶ違っていて、何が違うって、本質的にお互いがお互いを求めている度合いや方向性が同じくらいだということだ。だから感覚的にいつもナチュラルでいられる。貴重な時間。貴重な相手。貴重な恋人。

もし海斗がいなくなったらと考えると、さみしさの大雨があたしの上にだけ降っているようで、痛いくらいになる。その痛みをないものとしてごまかそうとすると、さらに痛みがどっと吹き出すのだ。

体と体を触れ合わせて聞く、心臓の音。そばにいて、感じる、確かな音。寝息の音。うれしい。

四

これはよろしくない、と思ったのはそれから数日後のことだ。

なんと、元カレがまた店にやってきた。今度はひとりで来た。

今日は、いいのか悪いのか海斗も川村さんもシフトに入っていない。代わりに一緒に入っているのは、比較的仲良くしてくれる先輩女性バイトのミチルさんだ。彼女はサバサバした性格で、話しやすい。あたしのことだって、見た目や話し方の固定概念なしに見てくれる。

「ミーさん、今日、っていうか、今の五番テーブル頼んでもいいですか〜？」

「うん、いいよー。知り合い？」

頼むぐらいだから事情を言わないといけないよな、と思い、別のテーブルのロコモコを運ぶ準備をしながら話した。「元カレなんですよ〜」

それだけ言うと、ミーさんは理解してくれたようだった。

「あ〜、なるほどね。了解」

「すみません〜、ありがとうございます〜」

「れもんちゃん可愛いから許すよ！」

飴玉のように甘くにっこり笑ってくれた。何の味かな？　桃かな？　っていう爽やかな感じ。この人はなぜか可愛い女の子が好きだ。あたしが微笑んでお願いすると、大体許してくれる。なかなか得難い女性だ。ほとんどの女性にはあたしの微笑みは通用しないというのに。

問題は元カレだ。今日は平日なのに、帰りにわざわざ職場からここまで来たのだろうか。彼の職場はもっと別の方向のはずだ。ちゃっかり、おすすめプレートを食べている。

「『れもんと話せますか？』って訊かれたよ」と、ミーさんが教えてくれる。

「え～。本当ですか～。困る～」

マジかよ。とっとと帰れよ。

「れもんちゃん、今日は別の仕事で忙しいから無理だと思いますよ、って言っといたよ」

お～、ありがたき、ミーさん。

「ありがとうございます～！　助かります～！」

「でもストーカーとかにならないように気をつけるんだよ？」

あ、メロンソーダだ。ミーさんが注いでる。しゅわしゅわと、きっといつかその炭酸も抜けるだろう。元カレの熱もそのうち冷めるだろう。でもちょっと待って。それじゃ、海斗も？　それは嫌。

わがままだってわかっているけれど、海斗の場合、熱とかそういうのじゃなくて、安心感なんだ。ほんと、家族と一緒にいるみたい。海斗が与えてくれる安心感は、あたたかくて、一度ハマったらもう抜け出せないもので、過去形になるなんて考えたくもない。

よく、思う。寝る前に見る海斗の「おやすみ」の顔とか、朝の「おはよう」の顔とかをつれて、コーヒーのような香り高い世界に行きたい、と。ただ静かな湯気の立つ感覚というか、自分に好きな人がいるという奇跡を、相手が海斗だと、神様に感謝する。

「お疲れ様でした～」

今日のまかない、何なのかよくわからないけど美味しかったな。あ、帰ってレポート終わらせないと。そんなことを考えながら店を出ると、いた。元カレだ。マジかよ。

「れもん、話があるんだ」

「まずは待ち伏せしていたことを謝ったらいかが?」

「ごめん。これしか方法、思い浮かばなくて」

元カレは肩を落としてぽつりと言った。

「それで、話というのは?」

あたしは早く帰りたいのだ。帰って、シャワー浴びて、ビールを飲みたいのだ。もちろん缶のままではない。グラスに注ぐ。そのほうが泡を堪能できるし、飲んでる～、って感じがするではないか。レポートも終わらせないといけない。あー、早く帰りたい。

「浮気したことは謝る。でもやっぱり付き合うの、考え直してくれないかな？」

「わたし、今、付き合ってる人がいるの。その人のこと大好きなの。今まで付き合った人の中でいちばん、ってくらい大好きなの。だからこういうことされると困る」

「え」

え、とか言われても、困るものは困る。うまくいくと思ったのかな。そんなに世間は甘くないよ。

この元カレと一緒にいた時間は、一生懸命可愛く見えるようにがんばってた。言葉遣いとか、雰囲気作りとか、仕草とか、おしゃれとか。それでも浮気された。プライドがちょっと傷ついた。そんなちっちゃいプライド捨てちまえ、って思ったくらいだ。そう。プライドなんて、持っていても邪魔なだけだ、ということを学んだ。浮気相手は大人の女って感じの人らしくて、あたしとは正反対だったから、無いものねだりっていうか、欲張りだったのかしらと今では思うけど、それでも少しはショックだったわけで。別れたあと、寂しくなってすぐに海斗と付き合った。何年もだれとも付き合っていない人は寂しくないのかな。それでいいのかな。あたし、友だちいないからわかんないや。それこそ寂しいことなのかもしれないな。あはは、と苦笑するほかない。

「もう、こういうことしないでほしいの」と、あたしがきっぱり言うと、

「れもんのことが好きだ。もう浮気なんてしない」

どうせメロンソーダみたいにしゅわしゅわが抜けていくくせに。

「だから、困るの」

炭酸の抜けたメロンソーダなんて、飲みたくないよ。色ばかり、見た目ばかり、それっぽくて。飲んでみるとただの甘いだけのドリンク。しゅわしゅわが消えてる。寂しい。

そのとき、スマホの着信が鳴った。取り出すと、海斗だった。元カレを無視して、電話に出る。

「無事に帰れてるか？　待ち伏せされてないか？　迎えに行こうか？」

お～。ナイスタイミング。こういうところ、すごいんだよな～。

「海斗、ビンゴ。すごいね」

「マジで？　迎えに行くよ」

「ありがとう」

ってことで、あたしがスマホをバッグにしまうと、

「彼氏さん？　迎えにくるの？」

と元カレは言った。何だ、わかっているではないか。

「うん。今から来てくれるって。だから帰って。もう来ないで。本当。お願い」

元カレは何も答えなかった。なおかつ、帰らなかった。元カレと今カレ、鉢合わせ、ってやつか。

めんどくせー。

それでもあたしは炭酸の抜けたメロンソーダなんてごめんだ。海斗は強い強い炭酸で、クセになる。早く会いたいな。バイクで来るだろうから、五分くらいで来てくれるかな。この元カレという炭酸の抜けたメロンソーダをあたしの代わりに飲み干してくれないだろうか。それは酷か。

五分後、バイクが止まる音がした。振り返ると、大好きな今カレがバイクを路上駐車してヘルメットをとっているところだった。

「お待たせ〜」

「早かったね」

「うちの彼女が困っているから迎えに来てみれば、あんた、立派な社会人じゃん。会社員が待ち伏せとかよくないと思うけどな～。何なら、警察呼ぶけど、どうする？あ、この前、れもんがもらった名刺に会社の電話番号も書いてあったよね。そっちに電話してもいいいんだけど」

と、海斗は元カレに向かって一気に捲し立てた。

「え、ああ、警察も会社もちょっと……」

「だったら、もう、待ち伏せとか子どもっぽいことやめてよね。おれらまだ大学生なんだし、学生相手に事件とか起こしたら会社にもいられなくなるよね」

「あ、ああ……」

「もう、来ない？」

「わかった……」

元カレはそそくさと去っていった。さすが海斗。あたしが残した炭酸の抜けたメロンソーダを一気に飲んでくれた。

「ありがとう、海斗」

「どういたしまして～。今日のまかない何だった？」

「うーん、何か、よくわかんないやつ！」

「あはは。何だよ、それ！」

バイクのうしろに乗って、アパートまで送ってもらう。背中から海斗のにおいがする。今のあたしの最大級にしあわせなにおい。


まだ晩ごはんを食べていないと言う海斗のために、あたしのひとり暮らしのアパートの部屋でごはんを作ることにした。でもたぶん、食べていないというのは嘘だ。あたしと一緒にいたいだけだ。あたしは、レポートをやらなくちゃいけないから泊まりは無理だからな、と前置きする。あたしの部屋は間取りが２Ｋで海斗の部屋よりちょっと広い。帰宅後、まずはごはんをテキトーに作って海斗に与え、シャワーを浴びた。パジャマ姿で部屋に出ていくと、海斗がテレビを見ていた。食べたあとの食器はちゃんと洗っておいてあった。素晴らしい。

「あ、デザートが歩いてきた」

海斗がおいでおいで、と手をひらひらする。あたしはこれから何が起こるかわかった上で、彼の横に座り、彼の肩に頭をちょこんと乗せる。すると彼はあたしの肩を抱いてから、あたしのセミロングの髪の毛を撫でてくれる。

「れもん、あいつのこと好きだったの？」

彼は意外にもヤキモチ焼きだ。可愛い。大好きだなあ、と思う。

「さあ？　どうでしょう～？」

「ちゃんと答えて」

からかい甲斐がないなぁ、と思っていたら、キスされた。不意打ち。でもこういうのって、嫌いじゃない。

「好きだったの？」

「別に。とくに好きってわけでもなかったよ。『わたし』の猫被りしてたくらいだし」

「本当？」

うん、と呟くと同時に、また不意打ちのキス。やはり、こういうの嫌いじゃない。

「訊かれる前に答えるけど、海斗のことは好きだ。好き。ちょー好き。大好き。わけわからんくらい好き」

するとまたキスされた。今度のキスは深く、俗に言う、お互いの寂しさや傷を舐め合うようなものだった。まるでこの世にあたしたちふたりしかいないみたいだった。あまりに簡潔すぎて言葉では言い表せない、実感でしかともなえない、絶対的な、愛の感じ。どこかでお互いがお互いを懐かしんでいた。

「おれも。れもんのこと、好き。ちょー好き。大好き。わけわからんくらい好き」

「同じだな」

「だな」

そのまま海斗に抱かれた。海斗はいつもやさしく抱いてくれる。個人主義って感じは一切ない。あたしのことを宝物です、って神様に紹介してるみたいに抱く。それってうれしい。余韻に浸ったとき、この人のことを大切にしようと真っすぐに思える。あたしにそう思わせるなんて、やはり海斗はすごい。生きている心地がするというか、あなたの願う未来を作りたいと思うというか、海斗はあたしのそんな場所だ。だから全身で求めてしまう。他人の、たやすい、脆い、微笑みは、要らなくなるのだ。

ふたりでベッドに転がり、余韻に浸った。あたしはこの時間が好きだ。海斗の太くも細くもないつまらない腕に、あたしの頭をちょこんと乗せて、気持ちのよい青空を想う。そしてそのあと必ず、この恋にも終わりは来るのだろうかと、不安になる。だって、あたしが今までしてきた恋愛ごっこには必ず終わりがついてきたから。

「ねえ、今気づいたんだけど」と、海斗が言う。

「何だ?」

「わけわからんくらい好き、って、それって『愛してる』ってことじゃね? うん、そうだよ。おれ、れもんのこと愛してんだよ」

真っすぐに真面目な顔で何を言うかと思えば。

「何を言うかと思えば。これまた突拍子もない」

「真面目に言ってるんだけど」

「ん。わかってるよ。じゃあ、あたしもきっと同じだな。だって、あたしのほうがわけわからんくらい好きだし」

愛してる比べ。背比べみたいだ。

「そんなの比べてどうする」

と、海斗は笑った。

ああ、そうだ。あたしはこの笑顔を見ていたいんだ。今日も、明日も。ずっと。

「あたし、海斗の笑った顔、好きなんだよな」

「じゃあ、ずっと笑わせてちょーだいよ」

うふふ、とあたしが笑うと、なぜかつられて海斗も笑う。「何か、しあわせだなー」

「それでは、食欲も性欲も満たしたんだから、帰ってください。あたしはレポートやらなきゃいけないのです」

あたしは淡々と言い切った。レポート、めんどくせーなー。

「はいはい。そういう約束だもんな。今度は泊まりにくるからな。そのときはれもんの好きなベーカリーのクロワッサンとアップルパイ、買ってきてやるからな。朝食べよう」

「やったー」

あそこのクロワッサン、サクサクしてて、大好物のうちのひとつなんだよなあ。アップルパイも甘さ控えめで大好き。さすが海斗、あたしの好きなもの、心得てらっしゃる。あたしだって、海斗の好物があたしの手作りの卵焼きとハンバーグだって知ってる。今度作ってさしあげよう。

レポートが終わったのは深夜二時半だった。あー疲れた。でもクロワッサンとアップルパイ、楽しみだな。

五

レポートを仕上げたあと、仮眠をとった。朝早くからの授業だったので早起きをし、朝食にはバナナ一本と無糖のヨーグルトを食べ、支度をしてアパートの部屋を出ると、もう夏の気配がした。

駅までの道を歩くだけでも、住宅街の中、あちらこちらの住宅の庭からはみ出た木々の葉が青く色を整えている。深く呼吸をすると、気持ちよい。体の中が浄化されていくのがわかる。

それと同時にじっとりと汗をかいた。空気が、夏の気配を感じ取って、静かにあたしに教えてくれる。夏がくるなあ。あたしの、好きな季節。クリームソーダが飲みたくなる季節。メロンソーダの上に、ちょこんとバニラアイスクリームがのっかっているやつ。あたしはバニラアイスをメロンソーダに浸して、ぐちゃぐちゃにして食べたいんだよなー。ちょっと下品かもしれないけど。

あたしには友だちというやつがいないから、授業は全部自分で出ないと、あとでノートをコピーさせてもらえる人なんていない。教授たちからすれば、真面目な学生に見えるかもしれないので、それはそれでいいかもしれない。

海斗はあたしに友だちがいないことを心配している。

でも、実はひとり、友だちと呼んでいいのかもしれない人がいる。

環（たまき）というやつだ。なぜ紹介できないのか。理由はふたつ。海斗は男女のあいだで友情は成り立たないと思っている。そう、環は男だ。そしてもうひとつ。実はたまに、ごくたまに、あたしはタバコを吸う。環とはタバコ友だちだからだ。それを海斗に知られたくなくて、環を紹介できずにいる。海斗とあたしは同じ大学に通っている。しかしここならだれにもバレないぞ、というような、小さく静かで穴場な喫煙所を見つけてしまったのだ。そこで出会ったのが環というわけだ。

今日は睡眠時間が短かったし、眠気覚ましに一服しとくか、と思ったら。

あ、環だ。

「おっす」

と、彼はあたしに気がついて声をかけてくれた。身長は百八十センチくらいあるのではないか。

「おっす」

と、あたしも返す。普段は大学ではこんな話し方しない。環も海斗と同じく、あたしの素を知っている。何しろタバコ吸ってるところを見られたんだから。取り繕う理由もないだろう。

「今日、朝早くてー、昨日はバイトで遅いし、ちょっとしか寝てないんだわー」

「バイトって何時までなん？」

「夜十一時」と言いながら、タバコに火をつける。

「何だ、それなら余裕で寝れんじゃん。彼氏とお盛んだったんじゃないの～」

環がそんなことを言うものだから、

「まあ、そうとも言う～」と、素直に返した。そんなことで頬を赤らめるような人格は、あたしの中にはいない。「でもそれだけじゃねえんだよ。バイト上がりに元カレが待ち伏せしてて～、やっぱりれもんのことが好きとか何とか言うのさ～」フーッと煙を吐く。

「マジで？　もしかして、そこに今カレ登場？」

「そうそう。退治してくれた～。で、送り狼になってしまったのだよ～」

「すげえ面白いんだけど～」

「ヒトゴトだと思ってるだろ～」

もう一度、吸って、煙を吐く。

ニコチンが肺の中を目まぐるしく回る。いや、見えないけど。たぶん、そんな感じ。

「うん。だってヒトゴトだもん」

「いいんだよ。あたしには今カレがいるし」

「彼氏、愛されてるねぇ～。おいらもそろそろ彼女作ろっかな」

環は彼女をコロコロ変える。

「あたし、友だちいないから紹介できないからね」

「そもそもアテにしてないから大丈夫」

あたしは灰皿にタバコを押し付ける。

「あー、そうですか」


油断大敵とはこのことか。充分ケアしていたつもりだったのにな。やはりタバコのにおいってわかるもんなのか。一分前、海斗の部屋で、海斗にこう言われた。

「痺れを切らして言うけど〜、れもん、タバコ吸ってるでしょ。バレバレですよ」

何と言ったらよいのだろう。

「ごめん」

「まあ、隠していたい気持ちもわかるけどね〜。人には吸うなって言っといて、ひどいよね〜」

「ごめん、ごめん」

「どうしよっかな〜」

「ごめん」

「ん〜。って！　うわ！　何泣いてんの！　おれ怒ってないから、大丈夫だから！」

「うん、ひっく、うん。ひっく。ごめん、なさい」

あたしは自分でも制御不可能な涙を流していた。涙は、するりするりと流れてくる。

「正直に言ってくれても別に止めたりしないのに、ってこと。おれ、怒ってないよ？泣かないで」

「だって、あたし、ちょーひどいやつじゃん。海斗にはあたしの前では吸うなって言っといて、自分は自分で吸ってんだもん」

「そんなにたくさん吸ってたの？」

あたしはなんとか涙をこらえて言う。

「ごくたまに。数日に一本くらい」

「じゃあ、いいじゃん」

あのね、とあたしは話しはじめる。

「あたし、友だちがひとりだけいるの。タバコ友だち、っていうのかな。でね、それが男なの。そのこと、海斗に言えなくて。でもその人、あたしの素、知ってるし。その上で友だちっていうか」

「へ、へえ。そ、そうなんだ。じゃあ今度、紹介してくれる？」

「うん！　もちろん！」

あたしはたぶん、満面の笑みで笑った。涙はどこかに飛んでいった。

次の瞬間、海斗が抱きついてきた。さらに、言った。

「おれがいれば何も要らないって、言ってみて！　一度でいいから！　……あ、ごめん。嘘だ。別に言わなくていい、そんなこと。一緒にいてくれれば、それでいいや。ごめん」

ああ、この人はなんて臆病で、なんて寂しがり屋なんだろう。

「うん。海斗がいれば何も要らないよ。一緒にいるよ」

海斗が髭の生えないその頬に涙を流した。彼が泣くのを見たのははじめてだった。なぜか、驚きはしなかった。母性本能というのだろうか。そういうのが沸いてきて涙を拭ってあげた。

この世に、「手放すときの美しさ」というものが存在するとしても、あたしはきっと、海斗を手放さない。

「ごめん。泣くなんて、不覚だ。ふがいない」

「あたしも、隠してて、ごめん」

「おれこそ、変なこと言って、ごめん」

あたしたちはふたりで泣いて、ふたりで笑った。

いつの間にか手を繋いでいて、何かがあたしたちのあいだに溶けた。そんな気がした。あたしの色と海斗の色が溶け合って、ひとつになった。そう、そんな感じ。心地よかった。このままずっと手を繋いでいたかった。

六

「え？　環？」

「あれ？　海斗じゃん」

いつも環が喫煙所にいる時間に海斗を連れていってみると、ふたりはどうやら知り合いのようだった。

「何？　れもんの彼氏って、海斗？」

「うん、え、何？　ふたりは知り合い？」とあたしが問う。

「うん、まあ。で、れもんのタバコ友だちって環？」と、海斗が尋ねた。

そう、とあたしと環がふたり同時に首を縦に振る。

「こんな偶然ってあるんだね～。紹介する手間が省けたわ」と、あたしは笑った。

しかし、様子が変だ。ふたりのあいだに何かあったのだろうか。やはり紹介したのはまずかっただろうか。

「久しぶりだな、海斗」

と、環が海斗に声をかけた。何かを懐かしむような声色だった。

「そうだな、もう記憶からなくなりそうだったよ、環」

と、海斗も昔を懐かしんでいる。この場ではどうやらあたしがひとり浮いているらしい。

「れもんにも話すか」

海斗が環に話しかける。

「いいのか？」

「おれたちの絆はあんな話では壊れない」

「ほぉ〜。いいね、いいね。さあ、話せ！　今だ！　いけー！」

「何の話？　ていうか環、落ち着けっつうの」とあたしが突っ込む。

あ〜、と言いながら髪の毛をくしゃくしゃかき混ぜる海斗。

「ていうかまず！　おれと環は中学の同級生ね！」

え〜！　とあたしはのけぞりそうだった。そんなことってあるのか。世間は狭いな。

「で、今となってはもう笑い話なんだけど、当時付き合ってた彼女がひとつ先輩だったの。卒業するときにバレたんだけど、その人、五股かけてたみたいでさ、おれと環もその中に入ってたってわけ。って、そーゆー話。ウケるだろ」

ご、五股……。中学生だろ？　おいおい……。

「ウケないって。マジで。その女連れてこい！　あたしが説教してやる！」

「はいはい、今はどこで何してるのかもわからねえよ。説教あざ～っす」

と、海斗があたしを宥める。

「ムカつく！　その女！」

「はいはい、ありがとよ」

中学のころっていったら、相当ショックだっただろうな。あたしのメロンソーダに何してくれやがる。

「中学のころに出会っていたかった」

「何。おれと？」

うん、とうなずくと、あははははっと笑われた。

「何で笑うのさ、いーじゃんか」

「いや、そこまで言ってくれると思ってなくて」と海斗は言う。

「だって、あたし、海斗の彼女じゃん。ムカつくじゃん。これでも海斗のこと大切にしてるし」

そうだ。あたしは海斗のことが大切だ。いつしか、あたしの大切なものランキングの上位に食い込むくらい大切になり、惹かれていた。何となくどころか、はっきり心得ている。トマトジュースを凍らせたら赤くてきれいだけど、溶けても元通りの味にはならなくて、変異している。あたしの中の海斗への気持ちも、毎日変異しているような気がする。強くなっていっているような気がする。

タバコを吸うときは三人で吸うことが増えた。海斗と一緒に吸うのがはじめはなんだかいけないことのような気がしたけれど、慣れれば問題はなかった。

ある日、海斗が吸い殻を灰皿になすりつけながら、

「あのさ、おれ、今度入院するんだ」

とあたしを見て微笑みながら、言った。あたしは心臓が全身に血を流すのがわかった気がした。明らかに動揺していた。

「え……、それって……、何かのビョーキってこと？」

思わず尋ねる。

「うん。今まで言ってなくてごめん。脳の神経のビョーキ。あ、でもそれ自体が原因で死ぬわけじゃないから安心して。子どものころからの病気だし。でも発作を抑えるにはおれの場合、手術じゃ無理なわけ。薬を調整するために専門の病院があるから、そこに入院すんの。二、三カ月くらいかな」

「はじめて聞いた……。夏休みが全部つぶれるってこと？　バイトは？」

「バイトは辞める」

「その病院ってどこよ。ここまで話したなら、言っちゃえよな」

と、環が言った。

「遠いよ？」

「うん、いいから言いなさい」

「……、県」

環、すげえ。

「何だ、隣じゃんか。もちろん会いにいってもいいよな？」

「うーん、たまに、なら？」

「もしかして、自分の弱ってる姿、見られたくないとか思ってる？　それなら安心して。もうすでに今、見てるから」

環は歯切れよく言いながら、クスリと笑った。

「入院って……、いつからだ？」

あたしにはこれが精一杯だった。

「明日」と海斗は呟いた。

「え〜！」あたしと環は同時に声を上げた。

「あ、れもん、荷造り手伝ってくれる？」

「って、まだやってないのかよ！」

七

それから一カ月が経った。

梅雨も後半だ。雨ばかりで嫌になる。透明に見える雨の雫たちは、本当に透明なのだろうか。空気中の雑菌などを含んで、微かな色をたたえているのではないだろうか。

だとしたら、何色なのだろう。

あたしは無性に海斗に会いたくなって、だって、入院するまではほぼ毎日顔を合わせていたのに、それがなくなって、まだ一度も病院に行っていない。そろそろ会いにいってもいいかなー、なんて思っていると、スマホにちょうど海斗からお誘いのメッセージが入った。

『何で会いにきてくれないんだよー。ケチ！』

『会いにいってもいいのか？』

『当たり前だよ。ていうか、会いたいよ』

『あたしも、会いたい』

『じゃあ来て！』

『じゃあ行く！』

『でも、れもん、びっくりするかもしれない』

『何で？』

『んー、薬の副作用で体重が八キロも落ちちゃったから。見た目が変わってるかも』

『マジか。げっそりしてる？』

『かもしれない』

『覚悟して行くよ。何かほしいものあるか？』

『れもんが来てくれればそれでいいよ』

『キザなセリフ』

『だって本当だし』

環を誘ったら、その日はデートだと言われ、ひとりで行くことになった。普段乗らない路線の電車に乗るとドキドキする。でもそんなこと、周りに気づかれたくないのでスマホをいじってごまかす。だって、みんないじってるから。海斗にメッセージを送る。

『今日の体調はどうだ？　行っても大丈夫か？　っていうか、もう向かってるけど』

するとすぐに返事が返ってきた。

『うん！　平気！　れもんに会えるの久しぶりだな～』

『一カ月ぶり』

『A病棟の三〇五室だからな』

『了解。またあとでな～』

病院前に着いた。ゆっくり歩いて、A病棟のエレベーターを目指す。エレベーターの扉が開く。右目に眼帯をして頭を包帯でぐるぐる巻きにした男性が出てきた。出てきたのはその人だけだったし、乗るのはあたしだけだったので、すぐに扉を閉めて三階を押す。

もうすぐ海斗に会える！　うれしい！

興奮してきたので、深呼吸する。すぐに三階に着いてしまった。下りると目の前に自動ドアがあって、中へ入るとナースステーションがあり、いかにも病院、という感じだった。

「あの〜、美戸部海斗さんに面会したいんですけど」

あたしは近くに座っていた看護師さんに声をかけた。五十代半ばくらいのふくよかな女性だった。唇がぽってりしている。

「あら。海斗くんに面会？　めずらしいわね。どうぞどうぞ。あ、そこの紙に名前だけ書いていってくれる？」

「はい」

「お部屋はね、三〇五だからね」

「はい、ありがとうございます」

看護師さんにお礼を言って、部屋を目指した。歩きはじめると、なんだか床がほんの少しやわらかいような気がした。あ、あった。ここだ。スライド式のドアの取っ手を左手で握って、右手でノックしようとしたそのときだった。ガラッ！

「え」

「あ」

海斗、だった。

「時間ぴったりだな。久しぶり。そろそろ来るかなーと思って、デイルームで待ってようと思ったんだ」

顔周りの無駄な肉が一切削ぎ落とされていた。

「おーい、れもん？」

海斗があたしの顔の前でひらひらと手を動かす。

「あ、ああ。久しぶり。急にドアが開いたからびっくりして」

「そしたらこんなにやつれたおれが出てきたし？」

「そこまでいってないから安心しろ」

「まあいいや。部屋はほかの人がいるから、デイルーム行こう？」

あたしは海斗のあとについて、デイルームとやらに行った。どうやらここでご飯を食べたり、好きに過ごしたりするらしい。テーブルと椅子がたくさんあり、あたしたちは真ん中辺りに座った。

「そうだ、これ、海斗が好きなどら焼き」

「え、マジで？　買ってきてくれたの？　サンキュー。お金払うよ」

「いいよ。三個だけだし」

「えー、じゃあ、ありがたく受け取ろうかなー」

「そうして、そうして」

「今食べていい？　れもんも一個どう？」

「いいよ、海斗のために買ってきたんだから」

どら焼きの中には餡と抹茶の生クリームが入っている。甘党にはたまらないものらしい。

「食欲はあるの？」

「あったり、なかったり。今はあるよ」

どら焼きを頬張る海斗はしあわせそうで、ビョーキなんて関係なさそうじゃないかと思ってしまう。

「でも賞味期限早いから。おれ、ふたつもらうから」

「うーん、じゃあ、食べよっかな」

あたしは結局ひとつ食べることにした。

「ねえ海斗、いつ、そのビョーキだってわかったんだ？」

「うーん、いつだったかなあ。忘れちゃった。小さいころだよ。一生治らないんだってさ」

「そっか、一生……」

「そんな、れもんが悲しい顔することないよ。大丈夫だよ。自分に合った薬飲んでれば、発作も出ないし。実際、何年も出てなかったんだ。それが、この前、実家に帰ったときに、発作出ちゃって。薬を見直すことになったってわけ。大丈夫だよ」

嘘だ。海斗は呼吸するようにそう言うけど、大丈夫なわけないじゃないか。

あきらめなきゃならないこともたくさん出てくるだろう？

するると知らぬ間に目から涙がぽたぽたと落ちてきた。あたしはそれらをどうすることもできなかった。どうしようとも思わなかった。ただ流れてくるのをそのままにしていた。

「え、ちょ、何で、れもんが泣くの？」

「わかんない。でも勝手に流れてきた」

あたしは泣きながらどら焼きを食べた。食べ終わると海斗が言った。

「本当、いいやつだな、れもんは」

「あたしはいいやつなんかじゃない。自分勝手だし、海斗みたいに強くないし」

海斗はアルバイトを辞めたときみたいに、いろんなことをこれからいくつもあきらめてゆくのだろう。ひとつあきらめるたびに慣れてゆくのだろうか。いや、慣れなんてしないはずだ。

そんなことを考えていると、どこかから呻き声みたいなものが聞こえてきた。何だろうと思って見渡すと、発信地点はどうやら海斗らしくて、目ん玉見開いちゃってて、これやばいんじゃないの、ってあたしが思うと同時に海斗は椅子から床に倒れた。すぐに看護師さんが全速力で駆けつけて、「海斗くーん、海斗くーん、わかるー？」とか言ってて、あたしは何が起こったのかなんて考える暇がなくて、

「目を覚ますまで三十分くらいかかるから、今日はもう……」

と看護師さんに帰ることを促されていたのである。

男性看護師さんに抱えられ、車椅子に乗せられた海斗は意識が戻らないまま、ぐったりとして部屋に戻っていく。そんな彼を見送り、あたしは帰路につくことになった。来たときと同じバスに乗り、同じ電車に乗り、スマホを握る。

海斗、大丈夫かな、ということばかり考える。あれって、発作っていうのかな。手術で悪いところパパッと取れないのかな。無理だって言ってたな。あたしは普段感じにくい、わかりにくい感覚になっていた。それでも海斗のことばかり考えていた。も

う目ぇ覚ましたかな。メッセージ送ってもいいかな、と思ってスマホの画面を見たらちょうど海斗からメッセージがきたところだった。

『今日はせっかく来てくれたのにごめん。恥ずかしいところ、見せちまったな』

『いや、恥ずかしくなんかないから！　海斗が闘ってるんだってわかった』

『そんなこと言ってくれるの、れもんだけだよ』

『もし愚痴とか言いたいことあったら、あたし聞くから、すっきりしたいときは言って』

『サンキュ。少なくてもあと二カ月は入院しなきゃいけないんだけど、また来てくれる？』

『当たり前！』

『よかった〜』

八

あたしは「海斗くんの彼女」と看護師さんたちに認識されるほど、病院に通った。

いろいろな栄養が詰まったゼリータイプのドリンクを何種類も手土産に持っていくと、海斗に好評だった。これなら飲みやすく、食が細くなっても摂取しやすいだろう。

一度だけ、環も一緒に行ったことがある。ほぼ、できたてホヤホヤの彼女の愚痴ばかり聞かされて終わった。

「誕生日忘れてたくらいで、別れるとか言い出すんだよ？　信じられない！」

「あー、誕生日ねえ。って、よくねえよ、バーカ」

と、あたしは声を上げた。

「よくないよねー、れもん」

どうやら海斗もあたしの味方をしてくれるようだ。

「海斗はわかってくれる～？」

「誕生日は大切だよな～」

と、海斗はあたしに賛同した。

「マジかよー。お前らもそんなこと言うのかよー」

環は落胆した。

その帰り道、環は本音を吐いた。

「正直、びっくりした。あんなに痩せてて。薬の副作用ってすごいのな」

もしかすると、どら焼きも無理矢理食べたのかもしれない。それなら悪いことしたな。

一生治らないって言ってた。それって、酷だ。その夜、あたしはベッドに倒れ込み、頭の中はぐるぐる回りながら、何を考えようとしても頭が言うことを聞かなくて、正直、参った。そのあいだ、海斗の顔がずっと頭のうしろのほうにあった。

早く、あの男性ホルモン少なめの肌に触りたい。

早く、あのつまらない腕に頭をちょこんと乗せたい。

早く、あのあたたかい手を繋ぎたい。

ああ、あたし、こんなに海斗のことが好きなんだ、と気づいた。見てるだけじゃダメだ。完璧に執着しているから。執着も愛なのかな。大学出たら、どうなるのかな。就職したら、どうなるのかな。不安が、また、心の中をぐるぐると回る。離れ離れになったら、あたしの「愛」はどこへ向かうんだろう。また、あたしは「わたし」を演じるのだろうか。そんなの、嫌だ。心は、あたしの心は、海斗に惹かれて離れたくないと言っている。彼のことを、引き寄せたい。それほど愛おしい。

はあ、と大きな溜め息がこぼれる。

ベッドに横たわりながら、海斗の運命の成り行きを想った。神様は意地悪だ。

世界は不公平であふれているけれど、それはいい。だって、みんな同じじゃおかしいから。でも、いざ、自分の近くにその不公平を見出してしまうと、神様に感情をぶつけざるを得ない。

数日後、また病院に面会に行った。もう慣れたものでナースステーションで看護師さんに声をかける。すると、「あら、海斗くんもうデイルームで待っているわよ」と教えてくれる。

「よ！」

と、海斗に声をかける。

「いらっしゃーい」

ひと通りおしゃべりしたあと、海斗がさらりと言った。

「ねえ、れもん。大学卒業したら、一緒に住まない？」

は？

海斗は、にっこりと笑っている。

「おれの親がさ、ひとり暮らしだと心配だって言い出して。でも、れもんが一緒ならきっと大丈夫だと思うから」

思うから、と言って、にこりと笑った。

あたしは、この誘惑に、簡単に負けた。

無事にふたりとも大学を卒業し、ふたりで一緒に暮らしはじめた。これを世間の人は「同棲」と呼ぶのだろうか。一応、お互いの両親も顔合わせをした。しっかり両親の許可を得て、「同棲」することになったのだ。

海斗は大学三年の夏休みのときの入院で、自分に合う薬の組み合わせが改めて見つかり、発作を起こすことはほぼなくなった。いつ起こってもおかしくはないのだけど、ストレスと睡眠不足にさえ気をつけていれば発作は起こりにくくなるらしい。それでも完治することはないのだから、本人としては、不安であり、恐怖だろう。先が見えぬ、どろりとした何かが楽譜を埋めていく。大学生の青二才が受け止めるには大きく暗すぎる未来のはずだっただろう。

最近の海斗は、大学生のころ入院していたときよりも、体重は元に戻り、もう痩せこけてなんかいない。タバコもやめた。ついでにあたしもやめた。いいことだ。

海斗の寝顔は無防備だ。口を少し開けて、安らかに眠る青年。起きているときは何でも自分ひとりでできてしまうようなクールさがあるくせに、眠ってしまうと、ただの無防備な青年で。ああ、実はだれかに守られるべき存在なのだな、と思った。上唇と下唇をちょいっとくっつけて遊んでいたら、起こしてしまった。こういう日常が、楽しい。

ある日、マンションの近くのスーパーから帰ると、玄関前で海斗がふらついた。めまい、だろうか。急いで玄関のドアを開け、荷物を置くと、海斗の体を支えてソファに横にさせた。

「めまいか？」と、あたしが問う。

「ああ、副作用だと思う」

「しばらく横になってるんだぞ」

おう、と海斗はうなずいた。

あたしは心配で向かいのソファで本を読んでいた。するといつの間にか海斗のほうから寝息がすうすうと聞こえてきて、見ると、また口を半開きにして眠っていた。あたしはブランケットを持ってきて静かにかける。

開いている口の加減が、いつも同じだ。興味深い。

九

海斗は念願の広告代理店へ、あたしは出版社に入社し、早くも季節は夏の終わりを迎えようとしていた。

朝、色違いのマグカップでコーヒーを飲んでいた。海斗が緑で、あたしが白だ。平和でありつつ、でも奇跡的な感覚というか、そんなしあわせな感覚が、あたしたちの朝の空気にはあった。

「今日、病院の外来だろ？　ひとりで大丈夫か？」あたしは心配で仕方ない。

「おう。大丈夫」と、海斗は微笑みながら言った。

「何かおかしいなと思ったらすぐ座るんだぞ」

「りょーかい」

「今日の夜はどこか外で食べようか」

「そうだな。またメールするよ」

「うん、あたしもする」

ふたりで一緒にマンションを出た。

今日は海斗の二カ月に一度の外来の日だ。あたしが心配で仕方ない理由は片道一時間半もかかるからだ。

『今、電車乗った！』

『了解！　気をつけてな！』

『今バス乗った～』

『もうすぐだな。がんばれ』

ところどころでメッセージのやりとりをする。心配で、二カ月に一度は、仕事に精が入らない。

『今どこ？』

『もうマンションだよ』

何だ、連絡してくれればいいのに。

「ただいま～」

「おかえり～」

それは覇気のない声だった。リビングのドアを開けると海斗がソファの上で横になっていた。

「え、どうした？」

「ちょっと疲れちまって。悪い。連絡しなかったな」

「いいよ、いいよ。それより大丈夫か？　具合悪いのか？」

「うーん、寝たらよくなった。何か食べに行く？」

「いや、あたし作るよ。横になってな」

サンキュー、と言って海斗は起こしかけていた上半身を元に戻した。

急いで米を研ぐ。冷蔵庫の中を見て、親子丼を作ろうと決める。親子丼の具は先に出来上がったが、米が炊き上がらない。それから十五分後、米が炊けた。海斗を呼ぼうとリビングに行くと、彼はすやすやと眠っていた。起こさないようにブランケットをかけて、ひとりで夕飯を食べた。ちょっと、寂しかった。

十

あたしは海斗がお風呂に入っているあいだはテレビも見ないし、音楽も聴かない。いつ海斗の発作が起こるかわからないので、発作のはじめのサインである呻き声が聞こえるように、静かに、いつでも対応できるように、ソファに座っている。

シャワーだけで出てこいと言いたいけど、海斗は風呂が好きだ。好きなものをなるべく奪いたくない。

その日も同じだった。

しかし、いつもと違うことが起こった。

風呂のほうから何か声のようなものが聞こえてきた。空耳であることを祈りつつ、

「海斗〜？　か〜いとぉ〜？」

と、あたしはお風呂のドア越しに声をかけてみるけれど、返事はない。

意を決してドアを開けた。なんと、海斗はバスタブの中でけいれんを起こし、最悪なことに鼻も口も湯の中に浸かっている状態だった。水死してしまう！　あたしはすぐに海斗の脇に手を入れ、火事場の馬鹿力で湯から彼の体を担ぎ出し、脱衣所に引きずり出しながら運んだ。重かったが、そんなの吹き飛ぶくらい、馬鹿力が出た。口元に耳をあてる。息をしていない。急いで心臓マッサージをした。すぐに救急車を呼んだ。けいれんは十秒ほどでおさまったけれど、お風呂の中でどのくらいけいれんしていたのかまではわからない。

あたしは救急隊員と話せるように、スマホをスピーカーに設定して話す。そのあい

だもずっと心臓マッサージをつづける。五分もしないうちに救急車は到着した。

救急隊員がＡＥＤをセットしているあいだに、あたしは海斗の保険証や診察券が入っている財布とお薬手帳を持ち出し、自分の財布とスマホも持って部屋を出る準備をする。けれど、海斗の意識は戻らない。呼吸も戻らない。あたしは祈りつづける。何かの間違いだと思いたかった。悪い夢だと思いたかった。

「離れてください」

ＡＥＤの無機質な音声が脱衣所に広がる。

「いつも発作のあとはどのくらいで意識が戻りますか？」と、救急隊員に訊かれる。

「三十分くらいです」と、あたしは答える。

「心肺停止がつづいています。今から病院に運びます」

「わかりました。お願いします」

「毛布みたいなものはありますか？」

「あ、はい。すぐに持ってきます」

あたしは急いでクローゼットから薄手の毛布を出して渡した。隊員はそれをストレッチャーに敷いて、海斗を巻いて乗せた。

「同乗されるのはご家族の方ですか？」

「いえ、ルームメイトです」

「承知しました。こちらへどうぞ」

あたしははじめて救急車というものに乗った。専門用語が飛び交う。

祈りつづける反面、自分でも意外に思うけど、あたしは冷静だった。いつかこういうときがやってくるだろうと覚悟していたせいもある。あたしの場合、その覚悟は、海斗が助かる結末に行き着く。

「何か大きな手術をしたとかは聞いたことありますか?」

「ないです。手術はありません。持病も今の病気だけです」

「承知しました」

隊員は紙にすらすらと記録していく。

ＡＥＤの無機質なアナウンスがまたも救急車内に響く。まだ呼吸が戻らないのか。

「離れてください」

十一

結局、海斗が目を覚ますことはなかった。

一瞬で、あたしと海斗のシナリオは変わってしまった。

何で。何で。何でだ。

もっと一緒にいるはずだった。一緒に旅行したり、おいしいものを食べに行ったり、ドライブしたり、するはずだった。もしかしたらケンカもするかもしれなかったし、そしたら仲直りもするはずだった。

それなのに、海斗は脳に酸素が行かなかった時間が長すぎて、「脳死」というやつになってしまった。テレビのニュースの中の話を聞いているみたいだった。

体はあたたかい。それでも脳死の人は数日から十日ほどで亡くなることが多いのだそうだ。そこで今何ができるか考えたときに臓器提供というオプションがある、と病院側には言われた。

あたしは海斗が臓器提供カードを持っていることを知っている。でもそれを出してしまえば、たちまちにことは進み、脳死判定がなされ、海斗の体の中にある大切な臓器たちはいろんなところに旅立ってしまう。でも、出さなければ、海斗の意志を無視したことになる。それは嫌だ。

あたしは今、ベッドで仰向けに眠る海斗とにらめっこしている。

海斗、どうすればいい？

カードを出すとすれば、タイムリミットが刻々と近づいている。

だれもいないのをいいことに、こっそりおでこにキスをする。

ああ、海斗だ。

何で、シャワーだけで済ませとけって言わなかったんだろう。

何で、あたしも一緒に入るって、言わなかったんだろう。

何で、もっと早く気づいてあげられなかったんだろう。

「れもん！　海斗！」

ガラッとスライドドアが開いた。

「環……？」

「いてもたってもいられなくて、来ちまった」

「そっか。海斗の顔、見てあげて」

うん、と言って環はベッドの反対側に回った。

「マジで、その……、脳死なの？」

「うん」

「海斗、臓器提供カード、持ってたよな？」

「うん」

「まだ出してないのか？　出さなきゃダメだよ！」

「うん」

「ほんとにわかってるのか？　あいつ、日頃から言ってたじゃんか。『おれに何かあったときはよろしく』って」

「うん、わかってる。たぶん」

「出さなかったら、れもん、絶交だからな」

と、環は真面目な顔で言う。

「……、海斗が臓器提供するって言ってたのは理解してる。あたしもそれを聞いてたときは、わかったよ、って思ってた。でも、いざ実際そうなってみると、あたしがカード出したら、海斗のこと殺すようなもんじゃん。まだこんなにあたたかいのに」

「でも、もう以前の海斗には戻らないんだよ」

「わかってる、わかってるけど。あと三十分考えさせて。ていうか海斗と一緒にいさせて」

環は何も言わず、個室から出ていった。結局あたしは一時間、海斗とふたりきりで過ごした。

そのあと病院の周りを、歩いた。夜中だ。頭を冷やすために。秋の夜の空気が顔に突き刺さる。いつもは気持ちいいとか思うけど、それが今は悲しい。とても、悲しい。好きな人が死ぬだなんて、こんなことって、あるか？　おいおい、神様よ、酷すぎないか？　あたしが「わたし」を演じていたのがいけないのか？　それならいくらでも謝ります。だからどうか、海斗を元に戻して。いつもの笑ってる海斗に戻して。お願いします。

歩きながら、気がついたら、涙が出ていた。泣く予定なんかなかったのに。ただただ涙は止まらなかった。

無理だな。元に戻すだなんて。そんなの、わかってる。わかってるから、言ってみたかっただけ。ごめん、神様、紛らわしいこと言っちゃって。

あ、あたし、今眉間にシワ寄ってる。海斗に怒られちゃう。やめよ、やめよ。考えるの、やめよ。海斗の意志を大事にしよう。

あたしは夜のナースステーションに向かい、海斗の担当医がいるか尋ねた。偶然その日の夜勤だったので、会うことができた。そうだ。海斗が財布に入れていた臓器提供カードを手渡すためだ。

「これって……」

担当医は小さく驚きの声をあげた。

「はい。海斗の意志です。まだご両親には言っていません」

「そうか。ご両親には僕が財布から見つけたということにしよう。きみもよく考えてくれたね」

「こうしなきゃいけないんです。海斗の意志だから」

海斗、これでいいんだよな?

心臓の鼓動が高鳴る。何かが腹の底を叩く。あらゆる感情が、とくに悲しみが、それらの斧が、あたしの心臓を叩く。打ち込む。カードが手を離れたとき、最後の一撃が叩き込まれ、残響が悲鳴をあげた。

翌朝、夜勤明けの担当医が海斗の個室を訪れた。

両親は早く仕事に行きたがっていた。どんな神経をしているんだ。担当医が臓器提供カードのことを話すと、両親はやや驚いた様子ではあったけど、すぐに承諾した。あたしは殴りかかりたい気持ちを精一杯抑えた。何を考えているんだ、この人たちは。海斗のやつ、「両親がひとり暮らしだと心配だって言い出して」なんて言ってたけど、あれ、嘘だな。

結局、家族が臓器提供を承諾して臓器提供コーディネーターという移植の専門家にくわしく説明を受けたらしかった。らしかった、というのは、あたしは家族ではないからそこまで立ち入れないのだ。

あんなに一緒にいたのに、あたしは家族ではない。海斗の最期を決めるのは、何があっても、あの両親なのだ。

結婚、しておけばよかったな。そしたら「家族」になれたのに。

涙がこぼれた。マンションの部屋に帰ると、海斗と一緒に過ごしたリビングで、泣いた。水分が次から次へとこぼれ落ちて止まらなかった。もう会えないんだ、と改めて感じた。一緒に暮らすこともないのだな、と思うと、涙はさみしさとともに止まらなかった。

彼がここに戻ってくることは、永久に、ない。

ああ、もうこれで終わりなんだな。全部終わるのだな。半透明の垂れ幕が下りる。ああ、やってらんない。

窓の外はしとしとと雨が降っていて、雨音がやけにリアルに聞こえてきて、水が砂利に跳ねる音だとかその落下してくる水の勢いだとかまで聞こえてくるようだ。でも自分は濡れているわけじゃなくて、その不自然さに首をかしげる。

今日がきのうになってしまうときに、海斗がいてくれないとだめなんだ。そばにいてくれないと。それなのに、何でそんなに駆け足でいなくなるんだ。

雨が上がり、海斗の寝顔が思い浮かぶ。まるで泣かないでと言われているようで、あたしは海斗の笑顔を思い出そうと試みる。心が迷子になったとき、これからはきっと、海斗の笑った顔を思い出すだろう。他人に知られたら呆れられるかもしれないな。でも、だって、格好悪いくらいに好きなんだ。

家族が正式に臓器提供を承諾した段階で二回脳死判定が行われる。それをもって法的に死亡が確定する。その上で、臓器の摘出がはじまる。そしてそれらを待っている患者に届けられる。海斗の場合も同じようにことが進んだ。もうあの強くてやさしい声で「れもん」と呼んでもらえない。もう一緒にクロワッサンもアップルパイも食べられない。

摘出手術をしているあいだも、父親は仕事の電話をしていたし、母親は、つんとしてスマホをいじっていた。何なんだ、あれは。信じられない。自分の息子が今、自らの死から別のだれかを救おうとしているんだぞ。

葬儀はごく身内のみで執り行うと言われた。しかしどうしても出席させてほしいと言うと、勝手にしてくれ、と案外簡単に許された。血縁者以外はあたしと環だけだった。それでも気にならなかった。海斗の顔が見れるなら、構わなかった。

海斗の頬に触れる。冷たかった。葬儀では涙は出なかった。人間って死ぬとこんなに冷たくなるのかと不思議に思った。もう海斗はだれかの体の一部になっているだろうか。だれかの一部として生きているだろうか。そうだとすれば、うれしい。だって海斗の願いが叶ったのだから。

十二

「終わっちゃったね」環がぽそりとこぼす。

「うん」帰り道、あたしはぼんやりしながら答える。

「マンションの部屋、どうすんの？」環が尋ねた。

「次回の更新のときまで、海斗の分はちゃんと払うって、向こうの親が」

「そっか。じゃあ住みつづけるんだ」

「家具はそのままにして、他にだれかルームメイトみたいな人見つけてもいいって言われたけど」

それを聞くと、環は、はっと気づいたように言った。

「ねえ、それ、おいらじゃだめかな？」

「え？　どういうこと？」

環は食品関係の会社で働いているはずだ。

「おいらね、やっぱり夢、捨て切れないんだ。だから今年で会社辞めて、専門学校受けることにしたんだ。受かったら、ルームメイトにしてもらえないかな？　男じゃだめかな」

「専門学校って、何の？」

「製菓学校。パティシエになりたい」

「初耳」

「うん、だれにも言ったことないもん」

「じゃあ、受かったら教えてよ。家具、そのままにしといてもらうから」

受かる気しかしないけどね、と環は強い眼差しで言った。


海斗がいなくなった。あたしのメロンソーダが。強い、強い、炭酸が。あたしは宙ぶらりんになった。あたしがあたしでなくなるようだった。あたしはひとりだ。海斗はもうこの世のどこにもいやしない。胸が冷たくなるようだ。キッチンにもリビングにもどこにもいない。部屋に帰ると、毎日泣いた。沈黙が答えるだけだった。どこまでも闇がつづくようだった。あたしはその闇の中を彷徨っていた。

海斗の部屋の荷物は両親が取りにきた。知られぬように、Tシャツを一枚だけ引き抜いておいた。形見、とでもいうのだろうか。

「か、い、と……」

ささやくが、返事はない。ああ、一体、何が起こっているのだろう。

あまりにも恐ろしいくらいに、圧倒的に静まり返った空間で、あたしはひとり。ひとりってこんなに寂しかった？　だって、部屋の中にはまだ海斗の気配が残っているような気がする。しばらくは強がって平気なふりをするしかないな。できる自信ないけど。

「海斗……！」

一緒に並んでテレビを見たソファ。おそろいのマグカップ。スマホに入っているふたりで撮った写真たち。その写真をこれから何回見返すことだろう。

たまに一緒に寝たどちらかの部屋。あたしのベッドがダブルで、海斗のはセミダブルだったから、よくあたしの部屋で一緒に寝た。靴棚は海斗のスペースだけぽっかり空いている。そして、お風呂場。いろいろ見て歩くと、海斗がいた影が生活の中には多すぎた。これからも好きでいつづける要素があまりにも残っていた。

人を懐かしむことはつらく、切ないことだ。

ある日、冷蔵庫に何もないことに気がついて、近所のコンビニに水と食料を買いに出かけた。外に出たいという気持ちではなかったけれど、丸二日何も食べていなかったので、仕方なく出かけた。

秋の夕方。帰り道、公園のベンチでひと休みした。日の入りの時刻が早くなっている。辺りは暗くなりかけて、虫の音が響き、公園のどこかから甘いキンモクセイの香りが、つんと鼻をついた。あたしがボーッとするのにはぴったりだった。

海斗、ごめん。もう少し早く気づいてあげれば、脳死なんてことにはならなかった。二度と会えなくなるなんてことにはならなかった。ごめん。しかし、いくら謝っても、いくら考えても、何かきらりと光る結論が見つかるわけではなかった。気がつくと、周囲は真っ暗になっていた。

ときどき、環がわざわざあたしの部屋に来ては食事を作ってくれることがあった。

「ちゃんと食ってるー？　食ってないでしょー？」

「うん。あんまり食べてない。っつーか、食欲ない」

「そんなんじゃ、海斗に怒られちゃうぞー」

「……」

「ほら、少しでも食べな。それで、もっと大きな目で世界を見つめるのさ。ボーッとでいいから」

と言って、毎回うまい料理を振る舞ってくれた。あたしは自分でも体重がどんどん減っているのに気がついていた。仕事だけは何とか、ギリギリ行っていた。あたしのあまりの変化に驚く同僚たちには、近しい親戚が亡くなってショックなのだと話しておいた。これでは本当に海斗に怒られるな、と思い、飯はしっかり食べることにした。食欲がなくても無理矢理突っ込んだ。環がたまに一緒に食べてくれるのも、助かった。

ひとりで食べる飯は、さみしく、味気ないものだ。

「あたしって、こんなに弱かったのな」と言うと、

「だれでもひとりでは生きていけないよ。みんな弱いよ」

と、環は語気を強めて言った。

「環も？」

「おいらだってそうだよ。ひとりが嫌だからコロコロ彼女変わってるんじゃん」

「今は？」

「今は、れもんのことが心配なのさ」

「ごめん」

「謝るとこじゃないでしょ。ありがとう、でしょ」

「うん、そうだな。ありがと」

「どういたしまして」

十三

二月。環の受験だ。

そのころになると、あたしは徐々に規則正しい生活を取り戻し、まともに食事をとるようになっていた。じゃないと天国の海斗に怒られてしまう。海斗が死んだのだという事実を少しずつ受け入れはじめていた。そうすることによって、一歩前に進んだ気がした。ぽっかり空いた穴はだれにも埋められないけれど、そのまま前に進もうと思った。この穴をずっと抱えて歩いていこう、と思った。

時間だけがこの苦しさを解決してくれるとすれば、あたしはいつまでもこのむなしい心の穴を持ち歩いていくしかないのだ。

「環、試験、がんばれよ」

「サンキュ！　行ってきます！」

環の受験会場があたしの住んでいるマンションから近いため、彼はウチに前泊して試験会場に向かった。リビングのソファがソファベッドになるので、彼はそこに寝た。

海斗の部屋を使えばいいのに、とあたしが言うと、それは受かってから、と言って譲らなかった。でも試験、環なら大丈夫だろう。

一カ月後、環は試験結果とともにウチに知らせにやってくることになっていた。あたしまで緊張してきた。受験の緊張感なんて、もう昔に忘れたものだと思っていたのに。

エントランスのインターホンが鳴った。

「どうぞー」

今度は部屋のインターホンが鳴る。

「はいはいー」と、ドアを開ける。

「久しぶり！　元気だったかーい？」

と、環はご機嫌丸出しの声色で言う。ああ、合格したのだな、とわかった。

「で？　結果は？」

スリッパを出しながら、一応訊いてやる。

すると環はそのスリッパを履いて、「ごうかーく！」と仁王立ちしてからピースサインを出した。

「おめでとうございま〜す！」

あたしは環とハイタッチした。

「よかったな！　じゃあ四月からルームメイトだな！」

「……ねえ、それ、本当にいいの？」

声色を低くして、環が問う。

「え、うん。いいよ？」

「だって、海斗の部屋だよ？」

環は自分から言い出しておいて気にしている様子だった。

あたしが海斗の死を気にしていると思っているのだろう。それはそうだ。その通りだ。でも、乗り越えなくてはならない壁だとも、思っている。まだ先になるかもしれないけれど、いつかは心から笑って、海斗の墓前で近況報告なんかしちゃったりできるといいな、とは思っている。そのために、今、まずはしなくてはならないことがある。

「なあ、あのな、環。どうしてもひとりではできないことがあるんだけど、手伝ってくれないか？　なんとかしなくちゃいけないんだ。でもひとりじゃできない」

「いいけど、何？」

「よし。コート脱いで。こっち」

とあたしは言うと、無理矢理コートを脱がせて、お風呂場へ環を案内した。

「風呂場？」

環は不思議がっている。

あたしはお風呂場のドアを開け、浴槽のフタを開ける。浴槽の中には冷めた湯、というよりもすでに水、が入れてあった。

「これ、海斗が発作を起こしたときのお湯のまま、どうしても流せないでいるんだ。このお湯を捨てたら、本当に海斗がいなくなっちゃった、って感じがするんじゃないかと思って」

「れもん……」

「頭ではわかってるよ。海斗は死んだんだって。こんな水、もう流しちゃえばいいんだってこともわかってる。何回も試した。でも、どうしても、手が震えてできないんだ。海斗のぬくもりが残ってるんじゃないかとか、この入浴剤、メロンソーダみたいだなとか、考えちゃって。ばかみたいだろう？」

「わかった。捨てよう、この水」

環ははっきりと言った。

「……うん」

「もうこの際、服着たままでいいから。入っちゃって」
と言うと、環はぐいぐいとあたしを浴槽のほうに押しやった。追いやられて、あたしは左足をメロンソーダの中に入れる。冷たい。つづけて右足も浴槽の中に入れることになってしまった。

「座って」

環は言う。

あたしは訳のわからないまま、またもや浴槽の中に押し込まれた。膝を抱えて座っている。肩の下まで水に浸かり、ジーパンもセーターもびしょ濡れだ。

「ほら、チェーン持って。おいらも手伝うから」

あたしは栓を抜くためにチェーンを握った。

「ちょ、ちょっと待って。心の準備、が。もうちょっと、待って」

「わかった」

冷たい水の中に、海斗の温もりを探す。海斗が最期を迎えた場所。今自分がそこにいるのが不思議だった。服は水を含んで重いのに、宙に浮いているような気分だった。

もう、何もなくなるのだ。目を閉じる。海斗と過ごしたすばらしいひとときの集まりを、頭の中でぐるぐるとめぐらす。だんだん、体が重くなってくる。温もりを感じる。海斗を感じる。よし、大丈夫だ。もう、この水を流しても、私が海斗を忘れるなんてことは、ない。

「うん、大丈夫」

「行くよ?　三、二、一、ゴー」

震える手をもう片方のほうの手で抑えると、その上から環が手を添えてくれた。チェーンをしっかりと引っ張って栓を抜いた。

水位がゆっくりと低くなっていく。

あたしの目から涙が溢れてきた。もう泣かないと思っていたのに。声を押し殺して泣いた。環が背中をさすってくれた。

ゆっくりと、ゆっくりと、水はなくなる。海斗がいなくなる。

海斗と過ごした思い出が、沸騰するやかんのように、止まらず沸いた。

気がつくと水位はお尻の下のほうまで来ていて、ああ、いよいよなくなるんだな、と感じた。冷たい水と入浴剤のにおい。海斗はどこにもいない。

あっという間だった。

びしょ濡れのセーターとジーパンで、空の浴槽に座っているあたしは泣いている。何か、変だな。

「海斗は生きてるよ。心臓とか、肺とか、肝臓とか、膵臓とか、小腸とか、どこかできっといろんな人の中で生きてる」

「……、うん。そうだな」

あたしは思わず破顔した。立ち上がる。セーターとTシャツを脱いで絞った。その服で涙を拭いた。

「ちょ、いきなり脱ぐなっつうの」

「あー、ごめん。そこのタオル取って」

「もう！」

「ありがと」あたしはブラジャーとジーパンという妙な姿になった体をバスタオルで包んだ。そしてつづけた。「ねえ環、あたしのこと、好きでしょ？」

「……」

「ごめんね」とあたしは呟く。

「……、告白する前からフラれたような感じ。嫌な感じ」

「あたし、環がいなかったら立ち直れなかった。環が支えてくれなかったら、今ごろ廃人だよ」

　環を制して話しつづける。彼はおびえる子犬のようにあたしを見ていた。

「あたし、やっぱり海斗しか頭にないわ」

「そんなの昔から知ってる」と環は当たり前のように言う。

「だから、ごめん」

「だから、嫌な感じ。やめて、もういいから」

「あたし、説明すんの下手だからうまく伝えられないけど、きっと環なら海斗も納得してくれると思うけど、しばらくはだれとも付き合う気にはなれない」

「おいら、別に、二番目でもいいよ」

「そんなこと言ってるんじゃない」

「ううん。むしろ、二番目にして。そのほうが、おいらが納得できる」

「環……」

「うん、そう。むしろ、二番目にしてくれるなら付き合ってもいい、なんてね」

　何その変なセリフ、とあたしは笑った。

「でも、どうせだめなんでしょ？」

「うん」とあたしは即答した。「ていうか、寒い」

あたしは見事に風邪をひいて、環に看病されるのだった。

環が作ってくれたお粥がとろとろで、真っ白くて、久しぶりにあたたかい気持ちになった。

これでいい。これで、いいんだ。

生まれ変わったら、また海斗に出会うんだ。

今度はあたしから早めに告白して、また一緒になるんだ。とりあえず、あたしがそっちに逝ったら、会おうな。いつになるかわからないけど、ごめんな。

ずっと大好きだ、海斗。

そんなことを思いながら、お粥を口に運んだ。米のひと粒ひと粒がきれいで食べるのがもったいないくらいだった。真っ白い粒が口の中でほろほろとほどけて、分解されていく。今まで普通だと思っていたことが風邪をひいただけでありがたみを感じるようになる。不思議だ。

海斗が死んで、あたしの場合、そこに罪悪感とか、もっとドロドロした気持ちが積み込まれていて。あたしがもっと早く気づいていれば、なんて考えはじめると、もうこれは無限のループで。もしかすると危機一髪で助かったんじゃないかとか考え出してしまうわけで。しかし願ってしまう。また会いたい、と。

大好きな海斗。
ごめんなさい。
でもどうか、また夢で会いたい。

a.ne.ki.

一

「やあ、弟よ」

聞こえない、聞こえない。

「ねえ、ちょっと。聞こえてんでしょう？　こっち向きなさいよ」

その女はバーカウンターのスツールに腰をかけて、カウンターの中で必死で氷を削るおれを見ながら声をかけてきた。あんな女知らない。知りたくもない。早く出ていけ。心の中ではそう思ったが、あいつがほかの客に絡みはじめたらそれこそ困ると思い直して、おれは氷に視線を落としながら返事をした。

「何」

「ひと言目がそれ～？　冷たいなぁ～、ナルくんは」

「あんたにナルくん呼ばわりされる覚えはない」

「え～、昔から、『ナルく～ん』と『お姉ちゃ～ん』だったじゃない」

「何しに来た。金か」

客がまばらにいるので大きな声では話せなかったが、店長が来る前にさっさとこいつを追い出したかった。刑務所から出てきたばかりホヤホヤのこんなどうしようもないアネキを、見られたくなかった。

「ナルくんはかっこいいからモテるでしょ？　ほらあれ、何だっけ、読者モデル？　みたいなのもできちゃうんじゃない？　そうすれば、お給料もっともらえるでしょうに」

「結局は金かよ。おれはこの仕事に満足してるんだよ。で、いくらほしいんだ」

「もらえるだけ全部」

「アホ言え」

「じゃあ三万」

つぶらな瞳の奥には怪物が住んでいるのをおれは知っている。同じ両親から生まれたとは思えないほど、いや、思いたくないほど、こいつ、おれのアネキは腐っている。まず、幼稚園のころからその片鱗は見て取れた。たとえば、友だちと同じ男の子を好きになってしまったとき、お昼寝の時間にその友だちの髪の毛をこっそりバッサリ切ってしまったという事件があったらしい。本人は悪いことをした自覚はまったくなさそうなところが清々しいとさえ思える。

さらに小学校に上がると、同性の目を味方にすべく、同性の友だちの、まだ開花していない部分を突っつきはじめた。一体、あのころ何人がレズビアンになったのだろう。数えるのも嫌になる。

中学校では完璧に異性の目も同性の目も支配下に置いた。

高校のころは金を持っていそうなおっさんに声をかけて、エンジョコーサイもした。

なんとか高校を卒業できたと思ったら、今度はどこかのシャチョーさんの愛人になっていた。ホテル暮らしなんて、当たり前。好きなときにお金は好きなだけもらえる。ふつう、そんな生活、いつまでもつづかないと思うだろう。そうだ。そこがアネキのふつうじゃないところだ。うまいぐあいに事が運んでしまうのだ。おかしいと思う。やはり神様は存在しないのだなと思えてしまうほどだ。

しかしある時、アネキはやってはならないことをやってしまった。

それはアネキが望んでやったことではなかったにしても、結果的にやってしまったことだ。

殺人未遂。

愛人をやっていた、ある気持ちのよい快晴の日、シャチョーの奥様が怒り狂って包丁を振り回してホテルのカフェでランチをしていたアネキのところにやってきたのだ。どうやら奥様は探偵を雇って、アネキが毎日ランチをするカフェを探し当てていたようだ。そのあとは、想像するだけで「恐ろしい」のひと言だ。その包丁がアネキの腕にあたり、ピシューッと血が出た。まあ、言ってみれば、バチが当たったのだな。しかし、アネキはスイッチオンで戦闘態勢に入り、やられるくらいなら自分からやってやる、という気質が顔を出した。アネキ曰く、俗に言う「正当防衛」だ。精神的に、心地いいものではないだろうに、やってしまったのだな。戦闘態勢に入ることがどれだけ体力と精神力を使うのかは知らないけれど、一瞬意識を強い眼差しに引き込ませなくてはならないだろう。そこでまずは包丁を奪った。その包丁を奥様に向けた。さらに、刺した。自分が刺されるだけで終わりにしておけばよかったのに、余計なことをするもんだ。刺したのは肺の近く。というか、どうやら片方の肺まで刺さってしまったらしい。それでも人間、肺はふたつある。奥様の生命力もすごい。店員が呼んだ救急車が来るまで、ずっとアネキにしがみついて包丁を奪おうと離れなかったらしい。アネキ、どんだけ憎まれてんだよ。

とりあえずは「正当防衛」ということで事件は済んだ。しかし肺を狙って刺したというのが明らかに命を狙っての行為なのでそれは殺人未遂に変わりはないということになり、二年間ムショに入った。そして出てきた、というわけだ。震えた手だろうが荒れた手だろうが、綱引きしちゃったってことが問題なんだな。

家族のひとりがムショに入り、「加害者の家族」というものになってしまったが、昔に縁は切っていたので周囲から誹謗中傷を受けることはなかった。

縁を切ったのにこうしてときどき金を催促しに来る。おれは財布から一万円札を二枚出すと、カウンターに投げた。

「ほら、これで出てけ」

「ありがとーん。ナルくん。ちゅっ」

本気でありがとうだなんて思ってもいないくせに。しかも投げキッスなんてしやがって。いい年して。おれと六つ離れているから、三十六か。ときが経つのは早いなぁ。

二

「お疲れ様でした〜」

午前三時、おれはバーの仕事を真面目に終えると家路に就く。毎日遅い時間になるが、バーテンダーの仕事からは充実感も得られるし、好きだし、何の文句もない。まるで皮膚の一部みたいに気配だけのように今の仕事は体に残る。それは心地いいものだ。

誰とすれちがうこともなく、静かな夜を毎日のように歩く。とくに夏の夜を歩いていると、じっとりと汗はかくのに、なんとなく、なぜか頭の中がクリアになる。

おれは徒歩十分くらいのところにある、何の変哲もないアパートで、愛しのかりんと同棲している。付き合って二年くらいの彼女は三つ年下の二十七歳で、デパートの化粧品売り場で働いている。帰ったらまず気を付けなくてはならないことは、眠っている彼女を起こさないことだ。ていうか何。さっきから足音が聞こえるんですけど。

「う、し、ろ、向、く、の、こ、わ、い！

でも、十、九、八、七、六、五四三二一、ゼ、ロ！」

おれは勇気を振り絞ってうしろを振り返った。

木のうしろに隠れているつもりだろうか。バカじゃねえの。ていうかビビったおれがバカ。

「おい！」

向こうは答えない。

「おい！　出てこいよ！」

木の横に出てくる女の影。ビビって損したわ。

「金ならないからな」

「一泊！　一泊でいいから泊めて！」

「はあ？　おれ今同棲中なんだけど」

「絶対、邪魔しないから！」

「おれ、あんたとはとっくに縁切ってんの！」

「お願い！」

「じゃあな！」

よし、走ろう。ダッシュだ。あいつが付いてこれないくらいのダッシュで帰宅するぞ。でも、ええっ？　ちょっと待って。何で？　何で付いてくんの？　怖いんだけど。いや、撒いてやる。そうして深夜の追いかけっこははじまった。三十分ほど走っているうちに、絶対撒けると思ったんだが、もう、ちょっと、これ、何つーか、頭ぐるぐるしてきた。

「もう、やめ、よう、ここ、おれんち」

ゼェハァ言いながら、おれは茶色のアパートの二階のドアを開けた。住宅街の一角にあるアパート。夏の夜、こんなに走って、汗だらだらでバカみたいだ。

「はぁはぁ。あたしの勝ち、ね」

そう言うと、我が物顔で部屋の中に入っていった。そうだった。こういう女だった。

「あ〜、水、水！　水ちょーだい。こんなに走ったの小学生ぶりだって」

とアネキはソファにバタンと倒れ込んだ。

「おい、静かにしろって。かりんが寝てるんだから」

「何、ナルくん。彼女も夜の仕事なんじゃゃないの？」

アネキは当たり前のようにおれからグラスを奪うと、ゴクゴクと一気に水を飲み干した。

「何で勝手にそうなるんだよ。昼間働いてんだよ。今は寝てる。邪魔すんな」

そのときだった。寝室のドアが開く音が聞こえた。

「……え、何。誰？」

かりんは、目の前でロングヘアをかき上げながらソファに横たわる女を見て、すでに目を潤ませている。

「ちょーっと待て。かりん。こいつはちがう。そんなんじゃない。勝手に付いてきたんだ。走っても走っても振り切れなかった。ごめん」

おれは汗だくに、いや、すでに汗だくになっているが、さらに汗をかきながらちぐはぐな説明をする。かりんを悲しませてはいけない。

「こんばんは～。はじめましてぇ～」

アネキはそんなことお構いなしにへらへらと心のこもっていないあいさつをする。

「かりん、こいつは、残念なことに、おれのアネキだ」

仕方なく、白状した。今までおれに姉がいることはかりんには言っていない。

あー、美味しいあんみつが食べたい。甘いもの。

「え、ナルくん、お姉さん、いたの？」

泣く寸前でかりんはぽつりと言った。

「かりんちゃんっていうの～？　可愛い名前ねぇ。見た目もそのまま可愛らしいけど。ナルくんはこういう子が好みなのね～。お姉ちゃんはじめて知ったわ～。なんだかうれしくなっちゃう～」

一度おれのほうを向くと、かりんに笑顔を見せる。嫌な予感がした。

あー、だから、甘いものが……。

「ねえ、かりんちゃん、少しのあいだでいいの。ここに泊めてくれないかしら。行くところがなくてね、困ってるの」

かりんはすぐにおれを見た。当たり前だ。

あー、あんみつが……。

「かりん、断っていいんだ。おれだって嫌なんだ。もちろん嫌だ、って言ったんだ。でも跡つけてきてさ、走っても走っても振り切れなかった。こういうところ、ねばっこいんだよ、こいつは」

「ナルくん、お姉さんに向かって『こいつ』は失礼なんじゃない？」

ああ、はい、あんみつはお預けね。

「まぁ〜？　かりんちゃん、いい子！　可愛い上に、オプションでいい子だなんて、本当に素晴らしいわ！　もっと言ってやって！」

「お姉さん。お姉さんこそ、どうなんですか。こんな時間に人んち来て大声あげて」

いいぞ、かりん。かりんのいいところはこういうところだ。ブレずに、しっかりしている。

「ごめんねぇ。かりんちゃん。あたしったらいけないわね。反省するわ。お願い。少しのあいだでいいの」

「少しってどのくらいですか？」

かりん、その調子だ！　行け行け！　あんみつが戻ってきたぞ。心が躍る。

アネキは答える。たぶん、何も考えてはいないのに、考えているフリをする。

「ん～、三日間くらいかしら」

かりんはおれを見た。そりゃ当たり前だろう。どうする？　って顔に書いてある。

おれは溜め息をひとつ吐く。アネキのやつ、適当に言ったんだろう。どうせ三日より長く滞在するつもりなのだ。そんなことわかってる。悲しい。こんなアネキで、悲しい。何でこうなってしまったのだろう。ここで甘やかしたら、自分が痛い目を見る。とても痛い目に。そんなこともわかっている。だからおれはいつも自分のアネキを拒否する。

「出てけ」

「え？」

かりんとアネキが同時に言った。

「おれはあんたと縁を切った。もうこれ以上いっしょにいる必要はない。出てけ」

「ちょっと待って、ナルくん」かりんがおれを止めた。「三日間くらい、いいじゃない」

「三日間って言いながら、もっとだらだら長く居座る気だよ。そういう女なの」

「いいこと思いついた！」かりんが言う。「じゃあ誓約書、書いてもらおうよ！」

「誓約書？」

思いがけない言葉が出てきた。

「そう、誓約書書いてもらって、三日経ったら出ていってもらうの」

「ん～、それなら、まあ、いいけど」

おれは逡巡して答える。

結局、アネキは三日経ったら出ていくという誓約書を書き、サインすることになった。その誓約書はかりんが大事に保管した。果たしておれはあんみつを食べられるだろうか。

三

その朝（と言ってもさきほどから数時間しか経っていないのだが）、おれはかりんの起床時間に合わせて起きた。これはかりんと一緒に朝食をとるためのおれの毎朝のルーティーンだ。眠たければ、あとで眠ればいい。

ダイニングテーブルまで行くとき、アネキがリビングのソファベッドですやすやと眠っているのを見て、寝ぼけていた頭が覚醒した。現実を見た。あいつはかりんに借りたメイク落としですっぴんだが、三十六のわりには肌がきれいで、まつエクもしていないのにまつ毛がくるんとカールしていて、眠っているだけなら静かでお人形のようだった。まだ愛人ごっこもできるのではないだろうか。それよりも、この部屋にアネキがいると思うと、昨日の朝までとはまるで世界がちがって見えた。おれという渦巻きの中に、アネキがまだいたのか、という流れのめまいを感じた。

「昨日の夜はびっくりしたよ」

かりんは時刻が今日になっていようが前の晩のことは「昨日の夜」と呼ぶ。昼の世界の人なのだ。

「あー、本当にごめん。何とか振り払うつもりだったんだけど」

「お姉さんがいたなんて初耳だったし」

「だって、ずいぶん前から縁切ってたし」

おれはスクランブルエッグにケチャップをかけて、フォークですくって食べた。今日のスクランブルエッグの卵は、やけに黄色が強く見えた。そこにケチャップが加わって、強烈な色の組み合わせになっていたのは気のせいだろうか。

「まあ、何があったか知らないけど、とんでもなさそうなお姉さんだね」

「本当にいいの？　三日間も」

かりん、やさしいからなぁ。無理してほしくない。

「わたしは構わないけど。ナルくんが限界がきたら、言って」

「うん、とりあえず一日目、超えられるといいんだけど」

おれはイチゴジャムの乗っかったトーストをかじる。甘い。でも、やや酸味あり。

「あの様子じゃあ、お姉さん、仕事はしてないんでしょう？」

「もちろん、無職」

おれはきっぱりと答える。

「一日中、この部屋の中にいるのかな？」

「それも気持ち悪いな。おれがどこか連れ出すよ。ちょうど今夜シフト入ってないし」

「ありがとう。でも無理はしなくていいからね」

ああ、天使なかりん。

「朝から、まったりラブラブねぇ～」

なぜ、このタイミングで起きてくる。アネキめ。

「あ、お姉さんも食べます？　朝ごはん」

かりん、そんなに気を遣わなくていいって！　おれは腹の中で叫ぶ。

「あたし、朝ごはんは食べない派なの」

「え、あ。そうですか……」

おれのトーストからイチゴジャムがボタッと皿に落ちた。

四

アネキ滞在第一日目がはじまった。

ヒマワリが太陽に向いて咲き、卵の黄身のようなその色が辺りを埋め尽くすころ。

おれはアネキに言った。

「誰もタダで泊めてやるなんて言ってないからな。働け。は、た、ら、け」

「わかってるわよ。それくらい。もう働き先も決まってるんだから」

お？　珍しくまともじゃないか。

「ほう。どこだ」

「友だちのやってるスナックでバイト。あわよくばそこでシャチョーさん見つけられたらいいな～って感じかな」

働くのはいいが、理由がまともじゃない。また刺されたら怖いとか、考えないのだろうか。こいつがバイトするだけマシだけど。

「早速今日から出勤だから安心してね。夜の三時ころまでいないし」

「安心って、何を」

「愛の営みとか、あるでしょ？」

「アホ」

「大切よ～？　もしかしてご無沙汰？　相談のるわよ？」

「うるさい。聞こえない」

実際、ご無沙汰だった。二年付き合って、そういうことをしたのははじめの一年くらいだった。つまりここ一年、触れ合っていないことになる。理由はわからない。ダブルベッドに一緒に寝ているのに、眠りに入るタイミングが違うときが多いせいか、いや、それは付き合い当初からそうだったのに、触れ合うことは少なくなっていった。かりんがおれを求めなくなった。倦怠期、というやつだろうか。

何かアクションを起こすべきだろうかと考えながらも、実行にうつせないでいる。情けない男だ。しかし、アネキに相談するなんて選択肢は、まずない。

夜の窓から入ってくる生ぬるい風が嫌だと言って、毎日エアコンをつけて寝ている、かりん。おれは本当はなるべく窓を開け放って紺碧の星空が送ってくる風を感じて眠りたいのだけど、言えずに長い時間が経っている。そんなことも、すれ違いの原因のひとつになるのだろうか。

「女性の意見も貴重だと思うけどなぁ～」

「うるさい。何時に出ていくんだ」

「夕方六時。そうだ。それまでにバイトの衣装選びに付き合ってよ。お金はバイト代出たら払うから」

「だから、おれはもうあんたとは縁を切ってるんだってば」

「朝ごはん食べながら、あたしのこと連れ出しとくって、かりんちゃんに約束してたじゃない」

「う……」

おれはきっと神妙な表情になっていたと思うが、そのまま首肯して、アネキの衣装選びに付き合うことになった。

ファッションビルに入って二、三時間は経っただろうか。アネキの衣装はまだ決まらない。

「ねえ、ナルくん。これとこれ、どっちがいいと思う?」

薄いオレンジ色の肩の大きく開いたワンピースと、黒のレーストップスとベージュのマーメイドスカートを合わせたものを着て見せてきた。

「さっきと同じじゃね？」

「ちがうっつーの」

「うーん。どっちも買えばいいじゃんか」

と、おれはテキトーに言った。おれは腹が減っているのだ。

「やっぱり？　あたしもそう思うのよねー！　よし、決まり！」

やっと決まったかー。長かったー。

「おれ、めっちゃ腹減った」

「はい、お会計よろしく」

あー、そうだった。出世払いだった。こいつ、本当にバイトするんだろうな？

「あ！　靴とバッグも買わなきゃ！」

「マジかよー。嘘だろ」

「だって何も持ってないんだもん」

「バイト代出たら払ってもらうからな」

「はいはーい」

なんだかアネキと買い物している自分が妙だった。おかしかった。縁を切ったはずなのに。かりんがあのとき止めなかったら、完璧に追い出していた。出逢いって不思議だ。

それにしても、父さんや母さんがどうしているか、こいつは気にならないのだろうか。何も聞いてこない。本当に人の子か。しかも、あわよくば再び愛人ごっこをしようとしている。学習能力がないな。愛人生活で、一度命を狙われたというのに、また同じことをやろうとしている。おれには理解できない。

バッグと靴も買わされ、さすがに荷物持ちになるのは寒気がしたから、買ったものは全部自分で持たせた。ときどきその光景を白い目でみる輩がいたが、そんなの気にしない。これが、相手がかりんだったら荷物は全部おれが持つが、アネキ相手に何でそんなことしなきゃいけないんだ。自分の荷物くらい自分で持て。

次の瞬間、力強く腕を組まれ、方向を反転された。誰に。アネキに。

「何だよ」

「あっちに美味しいバーガーショップがあるのよ。今もあるはず。そこでランチにしましょう！」

「だったら先に言えよ」

「今思い出したのよ」

おれたちは方向転換したまま真っすぐ歩き、アネキの言うバーガーショップで昼メシを食べた。デカすぎて、フォークとナイフで食べたバーガーはうまくて、今度かりんと一緒に来ようと思った。

五

「悪い。ナル。今日、シフト入ってくれない？　バイトがひとり風邪ひいちゃって」

店長から電話が入ったのはその日の午後三時過ぎだった。

「いいっすよ」

「ありがとな」

仕事に入るのは何の苦でもない。むしろうれしいくらいだ。勉強にもなる。

おれはかりんにメールを打つ。

『今日シフト入ることになっちまった。一緒にメシ食おうと思ったのにごめんな』

『うん。わかった。仕事がんばって』

『サンキュ』

おれはこのとき、今日がかりんの休日だということを忘れていた。思い出したのは、職場のバーに向かっているとき、かりんがおれの知らない男と腕を組んでホテル街を歩いているところを目撃してしまったときだ。何という偶然。しかし向こうは気付いていない。それがいいことなのか悪いことなのかわからない。その日、仕事中にグラスを三個も割ってしまった。仕事に全然集中できなかった。

浮気か？　いつから？　わからない。もし浮気じゃなくて本気だったらどうしよう。別れることになるのだろうか。そうだよな。え、それって、どうしよう。ちょっと、パニック。とりあえず、つらくないフリをする。大丈夫です、といったフリをする。

午前三時、いつものように、静かな夜の中を仕事上がりに歩いて帰宅していると、アパートに着く手前で一台のタクシーが止まった。出てきたのは何とも見知った姿。アネキだ。なぜかふたりで並んで歩く。酒臭い。が、アネキは相当酒に強いのでちょっとやそっとじゃ酔わない。酔ったフリはするが。

「ただいま、ナルく～ん！」

「声でけえよ」

「ただいま、ナルく～ん」

今度は小声で言った。

「シャチョーは見つかったかよ、シャチョーは」

「いひひ～。聞いてよ～。ダンディーなシャチョーに気に入られちゃった～。あはは～」

「それはそれは、ようございました」

「なんかナルくん元気ないな～。何かあったかい？　お姉ちゃんに言ってごらん」

おれはヤケクソになってアネキに言った。

「かりんの浮気現場を見てしまった」

するとアネキは目をパチクリして、「うわぁ～！　見ちゃったかぁ～！」と大袈裟に両目を片手で覆った。「あたしも昼間見ちゃったんだよねー。ナルくん気付いてなさそうだったからすぐ回れ右したんだけど、そっかぁ」

「はぁ？　知ってたのかよ？　言えよ！」

「言えるわけないじゃない。それに言ってどうするのよ」

「まあ、そうだよなぁー。はぁー。おれ、フラレんのかなー。今日全然仕事に集中できなかった」

おれは溜め息をこぼす。いっそのこと、記憶喪失になりたい。部分的な。

「でもかりんちゃんは気づかれていないと思ってるわけでしょう？　このまま何も見なかったことにして付き合いつづけるのもアリよね」

「ナシだっつうの」

おれは即答する。

「あら、やっぱり？」

付き合っている相手が浮気してるのを承知で付き合いつづけるなんてあり得ない。どれだけ好きでもあり得ない。だって、だって……、裏切られているんだ。嘘をつかれているんだ。隠しごとをされているんだ。それぞれ別々に住んでいるならまだしも、同棲しているのに、あり得ないだろう。ふつう、こういうときは怒るべきなのだろうか。ただ悲しむだけでいいのだろうか。おれは衝撃がデカすぎて、どうすればいいのかわからない。衝撃的だけど、何の感情も生まれてこない。浮気現場を目撃したときから、ぼーっとしたままだ。自分で自分の感情がコントロールできない状態。

人がふたりいて、どちらもこの世にひとりしかいないわけで、かけがえのない「状態」ができあがるはずなのに、一体、どうしてしまったのだろう。いつ、どこで、何が狂ってしまったのだろう。人ってわからない。

「かりんちゃんもあたしと同じ側の人間だったのね」

「は？　かりんをお前と同じにするな」

「あたしはね、人間には三種類いると思っているの。ひとつは人を苦しめる人。ひとつは人を癒す人。もうひとつはその両方をやる人。かりんちゃんもあたしも、いちばん最後のタイプね」

「お前のどこに人を癒せる力があるんだ」

おれは呆れて問う。

「あら。オヤジたちはあたしに癒されてるのよ」

ああ、そっちのやつらか。

「でもかりんと同じにしないでくれ」

「ん～。そうかしら」

とぼけながら斜め上を見上げている。

「そのオヤジたち、金を与えるのもいいけどな、まあ『寄付』とでも言おうか。それじゃあ寄付する本人が死んだらお前も共倒れだろうが。それに、どんなにいいものでも、または悪いものでも、与えられつづけたら精神的には毒だぞ」

「毒にはならないわ。あたしの頭の中にはね、十人くらいの登場人物がいて、あたしと同じものを見てるの。目の前で起こることも見てるし、内面の想像のような世界も一緒に見てる。年齢も性別もばらばらだけど、みんなあーだこーだ言うから、結局あたしがいちばん俯瞰してるのよ」

「返事になってるのか、なっていないのか、よくわからない」

「わからなくていいわ」

アパートに着くと、すでにかりんは帰宅し、眠っているようだった。浮気なんてバレていないと思っているのだろう。健やかな寝顔を見て、心が苦しくなった。あー、おれ、いつフラれるんだろう。かりんのこと、愛してるのに。

「じゃ、あたし、先にシャワー借りるから」

アネキは家主よりも先にてくてくとバスルームに向かった。

やっと一日目が終わった。長い一日だった。アネキは二十分ほどでシャワーから出てきた。そのまま冷蔵庫へ向かい、缶ビールを取り出し、勝手に飲みはじめた。

「おい、それ、かりんのだぞ」

「いーじゃない、缶ビールの一本や二本」

「怒るぞ、あいつ」

「知らな～い」

まったくこいつは、どうしてこうなんだ。協調性を育め、と言いたい。一気に飲み切ると、空き缶を流しに置いて、自分はそそくさとソファベッドに寝転がった。おれは呆れてバスルームに向かった。頭の中はぼーっとしたままだった。シャワーのお湯がすべてを流し去って、バスルームから出たら一件落着してました～、なんてぐあいにはならないだろうか。ならないか。

六

翌朝、朝食の食卓に、なぜかアネキもいた。朝メシ食わないんじゃねえのかよ。

「おはよう」

と、ひまわりのような笑顔で言う。

「朝メシは食べないんじゃなかったのか」

「この家のルールに従おうと思って。あたしだけリビングの真ん中で寝てるのも邪魔だろうし」

お。協調性が生まれてきたか。それとも何か企んでるのか。こいつの場合、何か企んでいる確率の方が高いので困る。

「じゃあお姉さんの分も、今作りますね」

「ありがとー。かりんちゃん。あ、昨日ビール飲んじゃった。ごめんね」

フライパンを握っていたかりんの手に力が入った。明らかにイラついている。

「あー、いいですよ。また買えばいいですから」

と、おれとアネキに背を向けて言う。

「やさしー。かりんちゃん」

アネキはどこ吹く風だ。かりん、申し訳ない。

出てきたスクランブルエッグは焦げていた。アネキはそんなことお構いなしにケチャップをかけて食べはじめる。

「うん。おいし〜」

嘘だろ？　あんなに焦げてたのに。味オンチめ。

さあ、今日でアネキ滞在二日目だ。本当なら夕方まで寝ていたいところだが、アネキがいるとなると寝てはいられない。

かりんは昼間の人間なので、朝、出勤した。部屋にはおれとアネキだけだ。

「ねえ、ナルくん。かりんちゃんといつ結婚するの？」

おれは予期せぬ質問をされて、戸惑った。

「は？　結婚？」

「えー？　考えてないの？　彼女、そういうお年頃なんだから、待ってるんじゃないの？」

「お年頃……」

そうか。そういう年齢だ。おれ、全然、考えてなかった。

「かりんちゃんが浮気するのも納得～」

「どうしよう」

おれがそういう気配を見せないことに反発してかりんが浮気してるのならば、おれはまだかりんを取り戻せるだろうか。チャンスはあるだろうか。アネキはゆったりコーヒーを飲んでいる。

「いやだわぁ～。さっきまではイイ感じだったのに。困ったわぁ～。カマボコとコーヒーっていう食べ合わせが悪かったのかしら～」

なんて言っている。本当、意味わかんない。

さて、かりんはなぜ浮気なんてした？　おれのことが嫌いになったから？　ほかに好きな人ができたから？　あー、考えてもわからない。とにかく、チャンスがほしい。

結婚。

目がパンクして、耳に大雨が降って、口を刺された気分だ。

そうか。男と女のあいだには結婚があったんだ。でも、自分自身のことさえよくわかっちゃいないのに、自分以外の人間のことなんてわかるわけねえんだ。それで結婚なんてできるかなぁ。

「誰かを理解しようなんて高度なこと、しないほうがいいわよ」

アネキが言った。

「うわ、おれ、声に出てたか」

結婚。その言葉の持つ威力。おれは奥のほうにしまい込んでいたみたいだ。かりんの浮気といい、結婚というワードといい、久しぶりに落ち込む。

七

今日は昨日の夜の分、シフトが変わって休みになった。かりんは友だちとごはんを食べに行くとのことで、そもそも本当に相手が「友だち」なのかどうかわからないけど、暇だから、アネキがちゃんと働いているか、チェックしに行くことにした。

「いらっしゃいませ〜ぇ」

甘い声。アネキの営業用の声だ。

「あら、ナルくんじゃない。どうぞどうぞ。みんな見て見て〜。あたしの弟！」

「え〜！　イケメンじゃな〜い」

「でも彼女に浮気されて、かわいそうなの〜」

「おい！　そんなこと言うなよ！」おれは止める。

「いいじゃな〜い。みんな相談にのってくれるわよ〜」

「うんうん、お姉さんが相談にのってあげる〜！　何飲む？」

「焼酎のお湯割り。芋ね」

「あら。渋いわね」

「ダメなら帰る」

「ダメじゃないわよ！　大丈夫。お湯割りね。ちょっと待っててね」

明らかにニューハーフというお姉さんがバーの中に入っていった。ふと、おれはカウンターに座っているアネキに近寄る紳士が目に入った。紳士はアネキに、

「お姉さん。きみの知る世界をワシは知らない。ワシの知る世界をきみは知らない。ワシらふたりが一緒にいれば完璧だと思うんだが、今度、食事でもいかがかね？」

と言った。おれはつい口をはさんでしまった。

「おっさん、そいつ、自分なしでは生きられなくなるようにしておいて『バカみたい』って鼻で笑う女だよ。気ぃつけな」

おれが助言たる助言をしたのに、おっさんは、

「なあに。そこがいいんじゃがね」

と、理解に苦しむ発言をかましてくれた。

「それよりお兄さん。居場所探しの旅っちゅうのは苦しいもんやろうなぁ。もう時代遅れやけん。ないなら作りゃあいい。だがね、いつまでも旅なんてつづけてるとそのうち飢え死にするよ」

何、このおっさん。

おっさんは、くるりとアネキのほうに向き直り、

「今ほしいものはあるかね?」と訊いた。

アネキは即答した。「ふたつあるんだけど」

「言ってごらん」

「時間」

アネキは上目遣いで言う。

「もうひとつは？」

「『時間なんていくらでもあるよ』って言ってくれる人」

「時間なんていくらでもあるよ」

「ありがとう。そうかな？　そうかな？　あたし、三十代になってどんどん時間が早く過ぎていっちゃって。錯覚なのかもしれないけど」

お前、はっきり三十六って言えよ。四捨五入したら四十だろ。

「相対性理論だね。錯覚だよ。大丈夫。みんな一緒だよ」

そこにニューハーフのお姉さんがお湯割りを持ってきてくれた。

「お待たせぇ～。わたし、隣いいかしら？」

「ああ、どうぞ。おれ、つまんないけど」

「あの子の弟ってだけで、充分、面白いわよ！　弟の自慢話ばかり聞いてたから、まさかホンモノ見られるとは思わなかったし！」

「自慢話？　おれの？」

「そうよ～。かっこよくて～、やさしくて～、って」

「あいつが？　そんなことを？」

嘘だ。

「みんなに言ってるわよ。みんな今日、納得したんじゃないかしら。まあ、一杯目に焼酎のお湯割り飲むほど渋いとは思わなかったけどね」

「何でも飲むけど、今日はそんな気分なんだよ」

「じゃあわたしも今日はお湯割り」

「いや、好きなの飲んでいいよ。ボトル以外」

「はーい。じゃあグラスワインいただきます」

ニューハーフのお姉さんは胸が大きくて、久しぶりに男としての性が刺激された。最後にかりんを抱いたのはいつだろう。覚えていない。それでもかりんは今でもおれの知らない男に抱かれているんだから、おれは悶々とするほかない。おれの知らない男に、抱かれるかりん。そんなかりんと毎日同じベッドで寝ているおれ。何のアクションも起こすことのできない、おれ。もうこれは何かしら、アクションを起こすしかないだろう。

「で？　彼女さん、浮気してるんだって？」

「ああ、まあ」

「現場見ちゃったの？」

「うん。でも、何で浮気されてるのか全然わからないんだ。おれのこと嫌いになったのかな？　おれフラれんのかな。でも素知らぬ顔してておれと同棲生活つづけてんだよ？　もう何考えてんのかわかんない」

「彼女、いくつ？」

「二十七」

「結婚適齢期ね」

ニューハーフのお姉さんは探偵ばりに腕を組んで考えていた。

「おれがプロポーズすれば、話はおさまるのかな」

「あり得るかもね」

今度はあごに右手を当てて考えている。

「まじかー」

そういうもんなのか。やっぱり。

その夜、店が終わるのを待って、おれはアネキと一緒にアパートに帰った。見張りというわけではないが、放っておくととんでもないことをしそうで怖いから。

「あのおっさんと、メシ行くの？」

「うん、行くわよ。何、心配してくれてるの？」

アネキはなぜかうれしそうにおれの顔を覗く。

「いや、まったく」

おれは即答する。

なあんだ～、と言いながら小石を蹴るアネキ。子どもみたいだ。

アパートに着くと、午前三時だった。かりんはいつも通り眠っていた。おれとかりんはひとつのベッドに寝ているが、今はふたりのあいだには白い距離がある。真っ白い、距離。感傷的になってしまう、距離。おれじゃ、ダメなのかな。なんて、ふと、思ったりする。そんなときに、

「ん……、帰って、きたの……。おかえり……、マコト」

え。

衝撃だ。衝撃だ。今何つった？　おい。かりんよ。寝返り打ってる場合じゃないぞ。

何ちゅー寝言だ。マコト、って言った。誰だそれ。って、もう浮気相手なのは当然か。

はぁ。リアルになってきた。いや、そもそも浮気現場を見た瞬間からリアルだが、さらにリアルだ。肌の細胞ひとつひとつに染み渡っていくような、そして体中に広がっていくような感じが気持ち悪い。何だこの無力感。おれ、何もできないじゃないか。

かりんの隣で寝るのも鬱陶しくなって、キッチンに行った。するとアネキがまたかりんのビールを飲んでいた。

「おいそれ、またかりんのビール」

「何かわかんないけど、二本あったの。きっと一本どうぞって意味よね？」

「なんてポジティブなんだ」

「なあに？　眠れないの？」

「かりんが寝言で男の名前を言った」

おれはまたヤケクソになって、アネキに愚痴をこぼした。

「あらやだ。かりんちゃんたら。勇者ねぇ。何て名前？」

「マコト、だってさ」

「ふうん。はっきり聞こえちゃったのね。かわいそうね、ナルくん。さすがに一緒に寝れないわよね。お姉ちゃんと一緒に寝る？」

アネキは、ふふふ、と笑いながら言った。

「勘弁してくれ」

おれは怒る気にもならず、無力感いっぱいで答えた。そのままキッチンへ向かって、ウイスキーのロックを作って、ダイニングテーブルに着いた。アネキの向かいに座る。

アネキは明日になったら出ていく。三日間、意外と早かったな。

「服と靴とバッグ代、返してくれよな。あの店、日雇いだろ？」

「あら、覚えてたのね。残念だわ。明日バイト行ったら払うから、待っててね」

おれたちはそれぞれの酒を飲み終わると、寝床に戻っていった。

八

朝、今日もかりんの手作りの朝食で一日がはじまる。この感じもマンネリ化していると思われているのだろうか。つまらないと思われているのだろうか。

おれとかりんがパンケーキを食べていると、アネキがソファベッドから起き上がってきた。

するとかりんが席を立ち、寝室へ入っていった。すぐに戻ってきたかと思うと、手には紙切れが一枚。誓約書だ。かりんはアネキにそれを突きつける。

「お姉さん、今日で三日目です。出ていってください」

かりんは無表情で、でも力強くはっきりと言った。まるでこの日を待ち望んでいたかのように。あー、よっぽど嫌だったんだなぁ、と今更ながら思う。ごめんな、かりん。

「あ～、そんなの、書いたわねぇ～」

アネキは空気を読めていない。と思ったら、次の瞬間、とんでもないことをした。かりんから誓約書を奪い、ぐしゃぐしゃに丸めて、口の中に入れてしまったのだ。そう、誓約書を食べてしまったのだ。一瞬の出来事だった。

「え」

おれとかりんは同時に言った。

アネキは口の中でムシャムシャしている。何ということか。

「ちょっと！　お姉さん！　出してください！」

かりんが我に返り、アネキに向かって叫ぶ。

「まず～い」

アネキはぐちゃぐちゃになった誓約書（だったもの）をペッと床に出した。よだれまみれで触りたくもない。おれも我に返り、

「アネキ！　何てことするんだ！」とおれは怒りを表に出した。

「だって～、何か～、ナルくん、かわいそうだし～。あたしの出番が必要かな～と

思って」

「かわいそう？」

かりんが眉間にシワを寄せる。おれは嫌な予感がした。

「おい、何言ってんだアネキ！」

何か面倒なこと言い出すんじゃないだろうな。

「ねぇ、かりんちゃん、マコトってだあれ？」

かりんの顔から表情が一気に消えた。それと同時に顔色が悪くなった。ていうか、おい。問題を持ち込まないでくれ。

「え？　誰ですか？　知りませんけど」

かりんはあくまで知らん顔を通すつもりらしい。

「はっきり言っていいのよ。あたしたち見ちゃったの。男と腕組んで歩いてるかりんちゃんの姿。ホテル街でも。昼間も」

かりんは視線を落として床を見つめている。何と言っていいかわからないのだろうか。

長かった。

三人もの人間が同じ空間にいて、一分間も無言がつづくのは、滅多にないことだろう。

「……そうよ。浮気よ。悪い？」

お。もしかして逆ギレか？

「かりん、おれより好きな人、できたの？」

おれは恐る恐る聞いてみた。

「ちがう。ただの浮気だってば」

ただの浮気、という言葉が理解できず、困る。いちばんはおれ、ということだろうか。

「おれじゃ、つまんなくなっちゃった？　それとも結婚とかそういうこと？」

「二年も付き合って、しかも周りの友だちはみんな次々と結婚していって、でもナルくん全然そんな空気出さないし……」

「ごめん」

「あーもう！　わたしなら大丈夫だと思ったの？　バカじゃないの？」

かりんにバカって言われた。結構ショック。

「いいねぇ～、行け行け！　かりんちゃん！」

アネキはいつの間にか観客になっている。

「大丈夫っていうか、かりんはそういうの、興味ないのかと思ってた」

おれは素直に思っていたことを口にする。

「勝手に決めつけないでよ！　わたしだって結婚したいよ！」

知らなかったです。ごめんなさい。

「ごめん」

「もういい！　ナルくんに結婚する気がないなら別れる！」

「え！」そんな急に……。

「行け行け！　かりんちゃん！」

アネキうるさい。

「わかったよ、結婚しよう」

「何その、仕方ない、みたいな感じ。嫌な感じ」

「え、そんなつもりは……」本当、じゃあ、どうすればいいのさ。「ちゃんと好きだよ」

「もういい。別れよう」

「え！」

何でそうなるの？　おれは思わずパンケーキをひと口食べてしまった。

「結婚ひとつでこんなに揉めることとすら、おかしいんだよ。ていうか、何で揉めなきゃいけないのよ。普通は、男がプロポーズしてそれを受けて、はい、某有名ブライダル雑誌！　なんじゃないの？」

「おれがしっかりしてなくて、ごめんなさい」

パンケーキを飲み込んで、言った。

「さっきから謝ればいいと思ってない？　パンケーキ食べる余裕あるならしっかりしてよ。とにかく、別れるから。今までありがとう。この部屋はわたしが転がり込んだから、わたしが出て行けばいい話よね。ちょうどいいじゃない。お姉さんと一緒に住めば？」

「え、おい、ちょっと待てよ、かりん」

「とりあえず今日は仕事行くから」

「ナルくん！　行けー！」

アネキ、うるさい。

「待て、かりん！」

おれはかりんの手を掴み、寝室に連れていった。

片手でかりんの手を掴んだまま、もう片方で自分の下着の入っている棚の奥のほう

を探った。小さい箱を取り出し、掴んだままだった手を離す。かりんの前に立ち、取り出した小さな箱をかりんに差し出して、

「かりん、おれと結婚してください」

と、言う。

開いた箱の中にはダイヤの指輪が入っている。

かりんは、ぽかんと口を開けている。

「え……、嘘。いつの間に？」

かりんは半分驚き、半分泣いていた。かりんが泣いているところを見るのは珍しい。

「返事は？」おれは恐る恐る尋ねる。

「……はい。よろしくお願いします」

泣かれるとは思わなかったが、その涙はきれいだった。びっくりした。

「さっきは別れるなんて言ってたけど？」

「前言撤回」

かりんは鼻をすすりながら答える。

「コロコロ変わるなよ？」

「うん、大丈夫。ねぇ、指輪つけてつけて」

おれはかりんの薬指に指輪を通した。サイズはぴったりだ。

「これからもよろしく」

「ありがとう。わたしもよろしく」

「あのさ、浮気相手のことだけど……」

「浮気したのは謝る。ごめんなさい。もうしない。許してくれる?」

「もうしないなら、許す」

おれたちは久しぶりにキスをした。何だか恥ずかしかった。

リビングに戻るとアネキが丸めた紙切れを床で引き伸ばしているところだった。誓約書だ。

薬指の指輪を見て、

「あら。仲直りしたのね。ブラボー!」と言った。

「お姉さんのおかげです。お姉さんがわたしの浮気のことを話しはじめるから。その誓約書、破ってもいいですよ?」

何を言う、かりん。

「大丈夫。あたしはホテル暮らしが決まってるから」

アネキがぽつりと言う。

「何だって？」

「いつまでも愛の巣の邪魔なんてできないじゃない」

かりんが少し顔を赤くした。

「余計なこと言ってないで、とっとと出ていけよ」

「それが今日の夕方からチェックインなのよ。それまでは置いてくれないかしら」

「わたしは仕事なんで、構いませんよ」

かりんははきはきと言う。プロポーズされたあとの女の人って、こんなに生き生きとしているんだな。きっと今日一日、ずっとこんな素敵な顔をしているのだろう。一日だけじゃないかもしれない。一週間くらいは美しい顔をしているのかもしれない。世の中の男性にとっては、とてもいいことだ。なぜなら、いろいろと安全だからだ。

「ナルくん、今度は浮気されないように気をつけなさいねぇ～？」

アネキが目を細くして、ついでに声も細くして、おれに言った。空気の読めない女だ。

「うるさい、黙れ」

「はぁ～い。んじゃ、あたし寝るから～。かりんちゃんおめでと～」

「はぁ。ありがとうございます」

かりんも呆れているのだろう。ぽかんと口を開けている。

「ほっとけ、かりん。あんな女の言うことなんて、気にするな」

「でも言われて当然のこと、しちゃったし。本当にごめんなさい」

「わかったって。ほら、早く支度しないと、仕事遅れるぞ」

そうしておれはかりんを送り出した。これでいいのだろうか。と、ふと思った。

実は、プロポーズは前々から考えていたわけではない。この浮気発覚の場面に直面して、急遽そうなっただけだ。返って踏ん切りがついたので良かったと言えば良かったのかもしれない。あのままだらだらしていたら指輪を見つけられていたかもしれない。あれはこの前、誕生日プレゼント用に買って、準備していたものなのだが、プロポーズ用になってしまった。まあいいか。ダイヤ入ってたし。あとは人形のように眠るアネキを追い出すだけだ。それで平和な生活が戻ってくる。完璧だ。完璧のはずだ。

九

午後五時、おれはアネキの叫び声で目を覚ました。あー、いつの間にか寝ていた。

「おい、何の叫びだ」

おれは目をこすりながらリビングのソファベッドに向かう。

「ちょっと、起こしてよね！　シャチョーと同伴なのに！　遅れちゃうじゃない！」

アネキが慌てて起き上がり、着替えているところだった。

「起こせとは言われていない」

「そんなの、ツーとカーでしょう？」

「何でそうなるんだ」

「何年姉弟やってるのよ」

「数えたくもないっつーの」

本当、うるさい女だな。シャチョーもまったく悪趣味だ。こんな女を囲うなんて。

「今日はね、新しいお洋服を買ってくれるんだって。お食事も。楽しみ～」

「何の教養もない女と話して何が楽しいのかね」

「あたしという人間が魅力的なのよ。それ以外の理由があるかしら」

「それ、自分で言うか？」

おれは呆れて、顔を洗いに洗面台に向かった。おれも今日は仕事がある。

かりんと結婚したら、バーの仕事を辞めて昼の仕事をしたほうがいいのだろうか。

そのほうがいいよな。昼の仕事か……。おれに何ができるだろう。楽器いじるの好きだから、楽器屋かな。でもそんな簡単に就職できるものなのだろうか。そうだ、かりんの仕事は？　夫婦共働き？　子どもは？　うーん、結婚って、山あり谷ありだな。要は「面倒」のひと言だけど。まぁ、そんなこと、かりんには絶対言えないけど。そうか。今の仕事、辞めなくてはいけないのか。それはちょっと、痛いし、悲しい。諦めきれないものもあるけれど。


ある日の朝、かりんが満面の笑みで言った。

「ねえねえ！　いつ、わたしの両親にあいさつに来てくれる？」

あ〜、そうか。それね。

「いつでもいいよ。おれの仕事は夜だし。昼間ならいつでも空いてるから。でもまあ、シフトのない日のほうが楽でいいかな」

「じゃあ、今度の休みの日にしよう！」

え。

「だめ？」

「いや、いいよ。もちろん」

おれは笑顔をぴったりと貼り付け、唇で弓を作って言った。

かりんは「結婚」の二文字を聞いてからというもの、子どものようにきゃっきゃとしている。二十七歳、独身、女。それが既婚者になるわけだ。そんなにうれしいのだろうか。かりんとおれには明らかにその二文字には温度差があるが、彼女はそれに気づいていない。気づかないほうがいいだろう。その前に、温度差があっていいものだろうか。これこそ将来の離婚の原因ではないだろうか。しかし彼女がこの温度差に気づかない限り、結婚生活はうまくいくだろう。そうだ。気づかなければいいのだ。おれの人生、こんなもんだろう。かりんのことを愛しているのは、事実だし、ポジティブに考えよう。そのうち某有名ブライダル雑誌を見せられても、ポジティブに考えよう。

そのとき、玄関のインターホンが鳴った。ドアを開けると、アネキだった。

「おはよ～ん。元気～？」

キャミソールのワンピースに、ヒールの高いサンダル。どこかのリゾートかよ。

「何しに来た。こんな朝っぱらから」

おれは怪訝な顔をしていたと思う。

「いやぁ～。ひとりで食べる朝ごはんよりみんなで食べるほうが楽しいじゃない？」

「帰れ。ルームサービスでも何でもあるんだろ？　そもそも朝メシは食べない派じゃなかったのか？」

「だから〜。ここで三日間過ごすうちに、食べる派になったのよ〜。でも、ひとりじゃ味気ないじゃない？　まあ、とにかく、入れてよ」

アネキは食い下がる。

「あ、お姉さんですか。どうぞどうぞ」

かりんがアネキに気づき、招き入れようとする。

「ちょっと、かりん。おれ、こいつとは……」

「縁を切ってるんでしょう？　わたしは切ってないもん。大丈夫」

最悪だ……。

「朝ごはん食べます？　作りますね」

なぜ、こんなに好意的なんだ、かりんよ。

「ありがと〜。かりんちゃん、やっぱりいい子〜」

アネキはおれを振り切って部屋の中に入ってきた。かりんは朝食を作りはじめた。

今日のスクランブルエッグは焦げていない。きれいな黄色だ。ホットサンドも用意して、アネキに差し出す。

「簡単なものですけど、どうぞ」

「わ〜い。ありがと〜。いただきま〜す！」

アネキはちゃっかりダイニングテーブルに着いて、朝食を食べはじめている。おれ、本当にこの女と縁を切ってるんだよな？　と再確認したくなる。この、やることなすことがハチャメチャな女は次に何をするかわからない。早めに遠ざけておいたほうがいいと思う。

かりんが仕事に行ったあと、つまりおれとアネキがふたりきりになったとき、アネキは言った。

「ねえ、本当にかりんちゃんと結婚するの？」

何を急に、と思った。

「ああ、そのようだな」

「やめといたほうがいいわよ、あの女」

いきなり「あの女」呼ばわりで、どきんとする。さっきまで「いい子〜」とか言ってたくせに。

「何だよ、急に」

「んー、女の勘、かしらねぇ」

「お前の勘でおれの人生左右されたくないんだけど」

「でも、そー思うんだもん」

「お前は自分の勘で人生歩んでるわけ？」

「当たり前じゃない」

ソファに深く座りながら足を組んでテレビを見ている。鼻歌まで歌っている。テレビでは数千年前の地球の生き物の特集をやっていた。

「あたし、こーいうの、嫌い。自分の生きたことのない時代についてあれこれ言うべきじゃないのよ。ウン千万年前の記憶があったところで、まあ、現在と大して変わってないでしょうけど」

「変わってるだろ」

「基本は同じなのよ」

よくもまあ言い切れるもんだな。それにしても女の勘か。こいつの場合、そういうのだけは当たりそうで怖いな。どうしてかりんじゃダメなんだ？　疑問は浮かぶが、勘だとしか教えてもらえないのなら、それまでだ。

「ねえ、かりんちゃんの跡、つけてみない？」

「は？」

何を言い出すこの女。

「何か新しい発見があるかもしれないじゃない」

「その理由がわからない」

「物事にいちいち理由なんて必要ないのよ、ナルくん」

まるで困った子どもをあやすかのようにアネキは言った。

「ね？　行きましょうよ。どうせ夕方まで暇でしょう？」

「まあ、そうだけど……」

「それとも何か困ることでもあるの？」

「ない」

見てはいけないものを見てしまうような気持ちがして、怖かった。それは事実だが、アネキには言わなかった。アネキがあまりにも堂々としているからだ。

「じゃあ決まりね。すぐ支度して！　あたしはすぐ行けるんだから！」

あまり気は進まないが、かりんの跡をつけるという、探偵の真似事のようなことをすることになってしまった。

夏の朝、天気はいい。青空は広がる。広がりすぎて、切ないくらいだ。跡をつけるのには、持ってこいだ。とりあえず、かりんが毎朝使う駅に向かった。もう電車に乗ってしまっただろうか。

「あ！　はっけーん！」

「どこだ」

「あの、イケメンスーツ男と話してる白いブラウスと紺のフレアスカートの」

「あ、ほんとだ。……ていうかあれ、浮気男じゃんか？」

おれは全身が寒気立つのを感じた。まだ切れてなかったのか。

「そうみたいねー。だから言ったじゃない。女の勘は正しいのよ」

おれはどうすればいいんだ。このまま何も見なかったことにして、かりんと上辺だけの結婚生活を送るのか。はたまた、別れてそれぞれの道を行くのか。

「おれ、どうすりゃいいんだ」

「もしかしてあの男、既婚者なのかもね。だから堂々と付き合えない、みたいな？」

「そんな厄介な……」

「ねえ、近寄ってみましょうよ」

「はあ？」

「いいから、いいから。お姉さまについておいでなさい」

おれは渋々ついていく羽目になった。素直についていったのは、今、目にした光景が衝撃的すぎて、頭がぼーっとしていたせいもある。通勤ラッシュで駅の構内は混んでいて歩きにくいはずなのに、アネキの前には道ができて、おかげでスタスタと歩いていけた。何だこのアネキパワーは。

「ちょっと近づきすぎたかしら」

かりんとイケメン男はすぐ目の前にいる。しかし列の先頭で前を向いているから、うしろにいるおれたちには気づかない。ああ、なんてこった。何の話をしているのかまで聞こえるじゃねえか。

「これじゃあ、盗み聞きじゃねえか」

「たまたま耳に入ったのよ」

はあ、とおれは溜め息を、それも大きな溜め息を、ひとつ吐いた。

「ねえ、かりんちゃん。今度、温泉行かない？　箱根あたり」

とんでもない言葉がおれの耳に届いて、そして、はたまたそれにかりんがどんな反応を示すのか気になって、おれはふたりの会話に集中した。まるで盗み聞きだ。いや、たまたま耳に入ったのだ。

「温泉？　行きたーい！　でも日帰りになっちゃうけど」

え？　かりん？　行くのか？　ていうか、行きたいのか？

「ああ、同居人さん?」

「そう」

「彼氏持ちも大変だね」

「まあそうですね。でもそんなこと言ったら、大野さんも妻子持ち、大変じゃないですか」

妻子持ち? おい、かりん! 不倫かよ!

「あはは、まあ、そうだね」

おい、お前、笑ってる場合かよ。

おれたちはその場をはなれた。

「ね? やめといたほうがいいって言ったでしょう?」

アネキは、ふふん、と笑って言った。

「お、おう」

おれはこの現状に戸惑って、声が裏返って、うまく返事ができなかった。結局、そのまま入場券を改札に通してとぼとぼと帰路についた。おれはあることに気がついた。

「お前が来てからハチャメチャだ。お前が来る前は、平和に過ごしてたんだ。それをお前は壊したんだ。何てことしてくれる」

「何よ。責任転嫁しないでちょうだいよ。事実がわかってよかったじゃない」

おれはフラフラになりながら、今やアネキのベッドとしての機能から卒業したソファに倒れ込む。ずしんと体が重い。朝から嫌なものを見た。すべてはアネキのせいだ。やはりこいつと関わるとろくなことがない。

「わからなくてもいい事実もあるんだよ。この世には」

と、おれは言う。

そうだよ。すべてを理解しなくてもいいんだよ。そう思えるほど、衝撃的だった。おれのこと、邪険に扱っていたなんて。

「あたしはあんな女、義妹になるなんて嫌よ」

アネキはうるさく言いつづける。

「それはお前のわがままだろ？　もうプロポーズしちまったし」

そうだよ。プロポーズしたばかりなんだよ。え、ちょっと待て。プロポーズを受けたばかりなのに浮気再開するのか、かりんは。

「もう！　とっとと別れなさいよ！　ナルくんならもっといい女、見つかるって」

「もう面倒なんだよ。そういうの」

「あんた、いくつよ。まだ三十路でしょう？　面倒なんておかしいわよ！　狩りをしなさい。狩りを」

アネキ、うるさい。こっちは体が重くて意識がフラフラなんだよ。はっきり言って、ショックだった。いざ生の会話を前にすると、ほかの男と話して浮気の準備をして笑っているかりんを見ると、ショックだった。おれの存在を「大変」だと言っていた。じゃあ何でプロポーズ受けたんだよ。浮気相手が既婚者だからか？　結婚できるなら誰でもよかったのか？　アネキの言うように、別れるべきなのだろうか。ああもう、この前、あの流れで別れちまえばよかった、という想いがおれの胸の中をかすめた。本当に、アネキが来てからめちゃくちゃだ。

十

結婚。

この一線を越えたら自分が変わってしまう気がしてきた。戻れない一線。それまでの自分を殺してしまう一線。昔はその一線を越えることを「しあわせ」とか言ったかもしれないが、今は違う。「タブー扱い」、「勇気を絞る行為」だ。

「あんた、脳みそが安定してないのよ。だから社会的安定を求めてるのよ」

アネキが、ふと言った。

その言葉はまるで、もやがかかった真実が玉虫色になったかのようだ。

あー、自分でも何言ってるのか意味わかんない。アネキはつづけた。

「夢は閉ざされるほど、広がる必要があるんじゃないかしら？　いろんなタイプの人間がいていいのよ。いろんな人がいる分、ちゃんと受け皿はあるから大丈夫よ。多様性、っていうのかしら」

「夢って何のことだ」

おれが問うと、アネキはさも当たり前かのように言った。

「ナルくん、バーテンダーの腕上げたいんでしょう？　昼間の職業につくなんて嫌なんでしょう？」

「おれは、別に……」

何でお見通しなんだ。気持ち悪い。

「腕、怪我してるんでしょう？」

「は？」

「見ればわかるわよ」

「いやいや、わからないはずだ。かりんも知らないくらいだから」

「何あの子、鈍感な子ねえ〜。本当、嫌になるわ」

さらりとかりんに悪態をついたが、おれは逃さない。何で怪我のことバレたんだ。

「何で怪我のこと……」

「だーかーらー、見てればわかるのよ。左腕？」

「所詮、交通事故だよ」

「それで障害者雇用にならないの？　誰だって何かしら苦手なことはあるでしょう？　だから障害者雇用だって大してスペシャルなことじゃないんじゃないかしら。まあ、ハンデがある無しは考える要素になるけれど、でも一緒に働くってことが大切なんじゃないかしら？」

「そんなにうまくいかないだろう。痛いの我慢してシェーカー振ってるほうが何倍もいいや」

おれ、アネキに何言ってんだろう。

「痛いの、我慢してるの？」

「ある一定の高さまで腕を上げると痛みが走る。後遺症なんだ。仕方ないさ」

おれ、本当、アネキに何言ってんだ。

「夢」

「何？　夢？」

「夢があるって、いいわよね」

そのときのアネキの表情は少しいつもと違って、悲しげだった。アネキは夢があるのだろうか。まさかな。だって、アネキだからな。

「きゃー。もう、こんな時間。シャチョーとブランチに行く約束だったんだわ。忘れてた！」

「お前、朝メシがひとりだからどうこう言ってなかったか？」

「忘れてたのよ。ブランチ行くのよ。あたしったらお腹いっぱいなのに、どうしましょう」

アネキが本当に忘れていたのかどうか謎だが、そのくせ優雅にコーヒーなんて飲んでいる。そして梅干しを食べている。謎だ。

「やっぱり合わないわ」

「そりゃそーだろ」

「試してみないと、わからないじゃない」

もう早くシャチョーの元へ帰れよ。そう思いながら、おれは不思議と腕の痛みを分かち合えたような気がして変に安心していた。何だろう、この心地は。相手がアネキであるにもかかわらず。コーヒーは砂糖を入れるだけでまったく別の飲みものになるし、ミルクを入れればさらに別の飲みものになる。アネキに知られたことで、ちょっと甘い飲みものになったような気がした。梅干しとは合わせようとは思わないが。

アネキは立ち上がると、すたすたと玄関へ歩き出した。

「じゃ、あたし、行くから」

「せいぜい、刺されないようにな」

「大丈夫。今度のシャチョーの奥さんはもう他界してるから」

「まさか、だから狙ったってわけじゃないよな?」

「じゃあな。もう来なくていいからな」

するとアネキは、うふふ、と笑って長い髪をかき上げた。おいおい。

「は～い」

当てにならない返事だと思いながらも、おれはドアを閉めた。ヒールの高い靴でカツカツと階段を下りる音が聞こえた。はっきり言って近所迷惑だ。

「きゃ～！」

何だ?　ガタガタという音も聞こえる。

おれは玄関を飛び出して、階段のほうを見にいった。すると階段の一番下で倒れているアネキを発見した。おい、何してんだよ。一気に階段を下りる。とくに手に汗をかいたりはしなかった。まあ、こんな階段ひとつで死ぬような女じゃないだろうとは思ったし、死んでいるかどうかはわからなかった。ロングスカートを誤って踏んでしまって転げ落ちたのだろうか。

「アネキ！」

声をかける。反応しない。まさか本当に死んでるのか？

「アネキ！」

このまま死ぬのだろうか。まあ、とりあえず救急車を呼んでやることにしよう。

軽い脳震盪。

やはりロングスカートに足をとられ、転んだようだ。

アネキが目を覚ましたのは、階段で「きゃー」と叫んでから一時間後のことだった。アネキのひと言目は、「今、何時？　ここ、どこ？」だった。それから「シャチョー！」だった。

「ここ病院。アパートの階段で転んだ。今、十時」と、親切にも付き添っていたおれ

が言うと、

「大変！　行かなきゃ！」

「シャチョーなら、ここに来てるよ」

「は？」

アネキはわけがわからないという表情をした。

「アネキのスマホ、いじらせてもらった。シャチョーに連絡したほうがいいかなって思って、連絡した。約束の時間に来なかったら心配するだろ？　それにホテルの部屋にもいなかったら、余計心配になるだろ？　アネキのスマホ、暗証番号なかったから勝手に操作させてもらった。今シャチョー呼んでくる」

「は？　え？　ちょっと待って」

おれはアネキの動揺を振り切って席を立つと、ドアの向こうにいるシャチョーを呼びにいった。家族以外、立ち入り禁止の部屋だったからだ。

「どうぞ」

シャチョーは思っていたよりもまだ若く、五十歳くらいだった。仕事前なのかスーツを着ていて、またそのスーツも高そうなもので、自信に溢れている感じで、シャチョーという言葉がぴったりな男だった。しかし女を見る目はないんだな。残念だ。

「ミーちゃん、大丈夫？」

おい何だ、その猫みたいな名前は。おれのアネキは幸子だ。詐欺だろ。

「浩一さん、来てくれたのね。ありがとう。わたしったら、だめね。転んじゃった」

はい、営業モード、オン。声の高さが違う。

「心配したよ。救急車で運ばれたって聞いたから」

でもこの人、何か変だ。目線とか、話し方とか。たぶん、たぶんだが、疑っている。

おれとアネキの関係を。本当に姉弟かって。本当は男と女の関係なんじゃないかって。

きっと、一緒に朝を迎えたと思ってる。まあ、そんなの知ったこっちゃない。アネキにどんな問題が起ころうと、おれには関係ない。おれを巻き込まないでさえいてくれれば。

「じゃあおれ、もう行くんで。アネキのことよろしくお願いします」

よき弟ぶってみた。

「え、もう行ってしまうのかい？」

そのひと言は、心配じゃないのかい、とも聞こえた。

「ええ、大丈夫そうなんで。それにおれ、仕事あるんで」

はい、ちっとも心配じゃありません、と言葉に込める。今から仕事があるなんて嘘だし。

「ナルくん、ここまで来てくれてありがとう」

それは救急隊員に半分無理矢理、同乗させられたからだ。

「じゃ、お大事に」

おれは思ってもないことを言ってみる。本心は、二度とおれの前に現れるな、だ。

それに今回のことで、あのアパートの階段は少しは恐怖の対象になるだろう。

それよりも、何でかりんの話から夢の話になったんだ。おれの夢は腕のいいバーテンダーになることだ。後遺症があっても乗り越えてみせる。そのためには昼間の職業に就くわけにはいかない。今の生活スタイルのままのおれを受け入れてくれる女性でないと、結婚は無理だ。かりんはどうなんだろう。それ以前に不倫してるくらいだから、おれのことなんてどうでもいいのかもしれない。アネキが跡をつけようなんて言わなければ、不倫の事実を知ることもなかったのに。アネキめ。やはり何かしらのハプニングを連れてくる。

十一

その翌朝も、アネキはおれとかりんの愛の巣にやってきた。

「おはよう、ナルくん。かりんちゃん」

「何しに来たんだよ。帰れよ」

アネキはロングスカートとヒールのある靴が怖くなったのか、ぺたんこのサンダルとショートパンツという装いで三十六にもなって生足を丸出しでやってきた。それでも見映えがするから困る。

「実は、ふたりに報告があって」

「何ですか?」

かりんがやさしく返す。いちいち構わなくたっていいのに。

するとアネキはサンダルを脱いだかと思うと、ズカズカとおれとかりんの愛の巣へ入ってきて、リビングのソファにふわっと座った。足を組んで、えらそうだ。

「おいおい、何だよ。出ていけよ」

「まあ、いいじゃない、ナルくん」

と、かりんはゆったりした口調で言う。

まるでやさしい女を演じているようで、不倫なんてこれっぽっちも連想させないような声で言うので、糸がほどけて答えが光った。答え、女は怖い。

「で？　どうしたんですか？　お姉さん」

「聞いてくれる～？」

アネキはニヤニヤしながら話すので、はっきり言って気持ち悪い。

「何かいいことでもあったんですか？」

「あたし、プロポーズ、されちゃったのよ～！」

は。

「え～！　おめでとうございます！　例のシャチョーさんですか？」

「そうよ！　驚いたでしょう？」

「まじかよ……」

「うわ～！　同じタイミングでプロポーズされるなんて、なんだかくすぐったいですね」

「まさか……、受ける気じゃないだろうな？」

おれはちょっと間を置いて質問した。

「まさか。受けるわけないじゃない」

と、アネキはさらりと言ってのけた。

「え？　え？　何でですか？　結婚、しないんですか？」

かりんは、この世のものではないものを見たような表情になった。

「誰かひとりのものになるなんて、まっぴらごめんよ。断るに決まってるじゃない。もしかしてかりんちゃん、プロポーズされたらみんなオーケーって言うと思ってたの？　甘いわね〜。まあ、あなたの場合はあれよね。不倫もしてるわけだし。ナルくんひとりのものになったわけじゃないものね。いつまでそんな生活がつづくと思ってんのか知らないけど」

「おいっ、アネキ！」

「え？」

かりんはきょとんとした。

「あなた、あたしたちが何も知らないとでも思ってるの？」

「何のことです？　わたし、そんな……」

かりんはあくまでシラを切るつもりのようだ。

「あたしたち、ちゃんと見ちゃったんだから。温泉行くんでしょ？　えーっと、大野さんだっけ。妻子持ちのさ。なかなかイケメンの男だったわ」

「……えっと、それは。ていうか、何盗み聞きしてるんですか。いやらしいですね」

「おい、もうやめよう。な？」と、おれは仲裁に入る。

「ナルくん、いい人ぶって、何よ。わたしのこと不倫女だと思ってたわけ？」

あー、もう、こういうの面倒だ。嫌いだ。甘いもの、食べたい。あんみつもいいけど、今日はチョコレートパフェ。

「不倫はよくないな～、ってくらいには思ってたけど」

「けど？　けど、何よ？」

うわー、チョコレートパフェー！

「まさか面と向かっては、言えないし」

「わたしたち、結婚するんだよね？　何でも言ってくれるんじゃないの？」

「いや、別にすべてをさらけ出さなくてもいいんじゃないのかな。知らない部分もあったりするんじゃないのかな」

かりんの結婚観は明らかにおれのそれとはズレている。かりんの結婚観は典型的な二十代の女子の憧れるそれだろう。面倒だなー。

「冷めてるね、意外と」

かりんはつぶやく。

もう、カモン！　チョコレートパフェ！

そもそも、ことの発端はアネキだ。そのアネキ本人はソファに深く座り込んで、おれたちのやりとりを楽しそうに見ていた。あー、チョコレートパフェは食べられそうもない。

「そこらへんにしたら？　朝から喧嘩なんて、運気が下がりそう」

「お姉さんが持ち込んだんでしょう？」

と、かりんが言うと、

「あら。そうだったかしら」

アネキはあっけらかんと答える。

「ねえ、ナルくん。ナルくんは、わたしと結婚したいの？　したくないの？」

究極の二択だ。仕方ない。

「えー、はい。ゴホンッ。えーっと」

「もういいわよ。わかったから。したくないんでしょう。わたしみたいな不倫女と」

「うー、あー、えっとですねー」

「もういいってば」

「ごめん」

「はい、この指輪、返すね」

「返されても困るから」

「持たされても困るから」

おれはチョコレートパフェよりも先にダイヤの指輪を手にすることになった。こりゃ質屋行きだな。

「この部屋、出ていく準備はなるべく早くするから」

「あ、ああ。わかった」

何だか、ことがトントン拍子に運ばれていってちょっとついていけない。

人は大体、持っていないものを持ちたがったり、持っていたら持たないほうがいいって言われたり、結局のところ、自分で決めるしかないんだけど。人はみんなそんなもんだ。すれちがっていくもんだ。傷ついていくもんだ。愛していたとしても。

「おれ、夢があるんだ」

何で今、そんな話をしているんだろう。自分でも不思議だった。

「夢?　は?　何の話?」

「バーテンダーとして、腕を上げたいんだ。で、いずれは自分の店を持ちたいと思ってる。でも事故の後遺症で左腕がうまく上がらなくて。上げると痛みがあって、でもそれも気にならなくなるくらい没頭したいわけ」

「後遺症なんて、聞いてない」

「言ってないからね」

「見ててもわからなかった」

「我慢してたからね」

「わたし、その程度の女だったんだね」

かりんのその声はどこか寂しげだった。

「ちゃんと好きだったよ」おれは言う。

「ありがとう」

「でも、浮気される程度の男だったんだなあって」

「ごめん」

「毎日こんなに近くにいたのに、本当は、心は、お互い戻れないくらい迷子になってたみたいだ。きっとおれにも悪いところがあったんだろう」

「いや、ナルくんは悪くないよ。悪いのは、わたし」

「今までありがとう」おれは右手を差し出した。

「こちらこそ、ありがとう」

するとすんなり、かりんも右手を出してくれた。おれたちは握手して、十秒くらいそのまま立っていた。すると、かりんが泣き出した。元々、彼女は泣かない女だ。おれは面食らった。

「え、え？　どうした？」

「いい彼氏を持ったなぁと思って」

「おれ、そうでもないよ」

「夢、がんばってね。応援する。お店持ったら、飲みに行ってもいいかな？」

鼻をすすりながら、かりんが笑う。

「ああ、もちろん」

どうやらチョコレートパフェは要らないみたいだ。

三十路にもなって夢追ってるなんて、バカにされると思ってたけど、どうやら大丈夫みたいだ。まあ結婚はできないだろうなぁ。浮気されたり、プロポーズしたり、その女がやはり不倫していたり、なぜかアネキまでプロポーズされたりといろいろあったが、あっという間のことだった。

「すべては丸くおさまったわけね！　あたしのおかげね！」

「何でそうなるんだよ。お前は問題を持ち込む専門だったじゃないか」

「あら、そうだったかしら？」

とぼけるアネキ。

「あ！　わたしがこの部屋出たら、お姉さんが一緒に住めばいいんじゃない？」

「かりんちゃん、ナイスアイデア！　ナルくん、お願～い」

「それだけはダメだ！　何しろ、寝室はひとつだしな」

また変な問題を引っ張り出してきて持ち込まれては、困る。

「ていうか、シャチョーと結婚しちまえばいいじゃねえか。シャチョー夫人だぞ」

「まあ、それもちょっと考えたんだけどねぇ」腕を組んで考えるポーズをする。

「結婚！　一度くらい試しにしてみろ！　それに父さんと母さんも喜ぶぞ」

「ナルくんがそこまで言うなら……」

お、素直に従うか？

「って、するわけないじゃな～い。ひゃっはっは」

期待したおれがバカだった。

「でもそれ断ったら、ホテル暮らしとも縁を切らなきゃいけないじゃんか？」

「そこが問題なのよねー」

大した問題ではない。結婚すればいいのだ。両親も安心するし、シャチョーも喜ぶし、おれはこの部屋にひとりで住める。アネキもシャチョー夫人になれる。何の問題もなくなるではないか。

「試しに結婚してみろって。案外イケるかもしれないじゃないか」

おれは必死だ。

「でもずっと営業モードつづけるなんて大変よ?」

「お前ならできる!」

「そうかしら。じゃあ、試しに一回、結婚してみようかしら」

よし! こんなふうに説得されて結婚を決意する女は、世界のどこを探してもいないだろう。でもいいのだ。

「わたしの分も、しあわせになってくださいね、お姉さん」

「うん。ありがとう。かりんちゃんのビール、冷蔵庫に買って戻しておいたから」

「アネキ! そんな気が配れるようになったのか! なんて進歩だ!」

「それくらい、あたしだってできるわよ。それと、はい。これ」

アネキは封筒をひとつ、おれに差し出した。

「何？」

「借りてたでしょ？　バイトの衣装代」

おれはのけぞりそうになった。絶対に返ってこないと思っていたのだ。

「返ってこないと思ってた」

「返すって、言ったじゃない」

アネキがちょっと一般的な「常識」というものを心得てきていて、驚く。昔はそんなこと、これっぽっちもにおわせない困らせ屋だったからだ。まあ、今も困らせ屋だが。

封筒の中を覗く。レシートまでしっかり入っていて驚くばかりだ。いつの間にこんなに成長したのだろう。昔の、手もつけられないアネキはもしかするともういないのかもしれない。かりんと破局を迎えたのも、もしかするとアネキの台本通りだとしたら？　それは考えすぎか。いや、あり得るぞ。だとしたら、なぜいちいちシャチョーのプロポーズを報告しに来る？　背中を押してほしいのか？　アネキにそんな神経質なところ、あったか？　昔から一匹狼だったじゃないか。本当は違うのか？　すべてを隠してるだけだとしたら？　おれ、かなりキツイことばかり言ってきたような気がする。それでもアネキはいつもヘラヘラ笑ってた。本当はいちいち傷ついていたとしたら？　おれは謝っても謝りきれないのでは？　さまざまな想いが胸の中をぐるぐると回る。答えが、アネキが恐ろしいほど脆くて繊細な人間である、だとしたら。おれはどうすればいいのだろう。

「おい、アネキ」

「なあに」

「お前の、台本通りなのか」

アネキは大きな瞳をぱちくりさせて、言った。

「さ～あ？　何のことかしら～ん」

絶対、そうだ。弟だから、わかる。と言えるほど関係は濃くないが、わかる。

ああ、何てことだ。

「どういうこと？」かりんが問う。

「ああ、大したことじゃないんだ。気にしなくていい」

きっと、かりんとの破局は、アネキの台本の上に並べられたものだ。ああ、何たる不覚。

「大したことじゃないの？」

アネキが、ふふん、と笑って言う。

「何なんだよ、おい。いつもヘラヘラ笑ってたじゃんかよ」

「体内清浄するための儀式みたいなもんよ」

アネキが急に真面目な顔になりながらそんなことを言うので、ああ、本当におれの予想は当たってしまったのだと再確認した。

「じゃあ今までのハチャメチャな行動はどういうことなんだよ。あれだって、本当のアネキだろう？」

「ああでもしなきゃ、やってられないわよ」

「図太い神経してなきゃ、人を刺したり友だちの髪の毛バッサリ切ったりできないだろ」

「それも、あたし。結婚に悩んでる小さいあたしも、あたし」

「二重人格かよ」

「言ったじゃない。あたしの中には何人もの登場人物がいるって」

アネキは長い髪の毛の先を指に絡ませながら、言った。

怖い、と思った。今まで、何人のアネキにおれは出会ってきたんだろう。

今すぐこいつから離れたい。同じひとつの部屋の中で呼吸しているのさえ、苦しかった。

かりんは仕事があるので、部屋にはおれとアネキのふたりきりになった。おれとしてはアネキに早く出ていってほしかった。しかしなぜかソファから離れない。

「もうホテルへ帰れよ」

「この部屋のほうが居心地いいんだもの。ううん。ちがうわね。ナルくんがいるところなら、どこでもいいわ」

おれは自分の耳を疑った。

「どういう意味だ？」

「あたし、ナルくんのこと、愛してるもの」

一瞬、おれは鳥肌が立った。背中に氷をいっぱい入れられたかのようだった。

おれの理解の範疇を超えている。気味が悪いとかじゃない。どんなことでもこのアネキならあり得ることだ。しかしそこに自分が組み込まれるとは思わなかった。ああ、そうか。おれはいつも自分は傍観者だと思っていたんだ、アネキのことに関しては。

それが今、矢印を向けられている。どうすりゃいいんだ。

「何、言ってんだ」

「嘘じゃないわよ？　でもナルくんに好きになってもらえないことはわかってる。だって、縁、切られてるしね。しかしまあ、かりんちゃんはナルくんに相応しくないから、去ってもらうことにしたの。ナルくんにはきっともっと相応しい子がいるはずよ」

「余計なお世話だ」

　おれは、重く、はっきりと言った。

「ナルくんがあたしを突き放せば突き放すほど、あたしの中の人格は増えていく一方だわ」

「おれのせいにされても困る」

　おれは間髪入れずに答える。

　あー、甘いものが食べたい。アップルパイなんていいな。フォークで食べるの難しいから結局手でがぶっと食べちゃうやつ。

「ナルくん、今、甘いもの食べたいなーとか考えてたでしょう？」

　は。嘘だろ？　何でわかる。気持ち悪いな。

「別に」

「ナルくんの現実逃避のときのクセ。昔から甘いものが食べたくなるのよねぇ」

　おれとアネキはふたり姉弟だ。小さい頃から一緒に育ったわけだ。だからこそ、おれはアネキのハチャメチャな部分を見てきているし、迷惑をかけられては困ると思い、縁も切った。ということは、アネキもおれのことを見て一緒に育ったということだ。それって何か、気持ち悪いんだ。見られていたと思うと、気持ち悪いんだ。小さいころの「将来なりたいもの」がオムライスだったこととか、歯を磨くときに足踏みしてしまうクセとか、虫が苦手だったこととか、そういうの、全部はじめから知っているんだ、こいつは。姉弟ってそういうもんだ。怖い。

「あたし、ナルくんのこと、愛してるの」

ああ、アップルパイが……。

「さっき、聞いた」

「どの人格が出てこようとも、それは変わらない。それでもシャチョー夫人になれって言うの？」

「ああ」

「……わかったわ。なるわよ、シャチョー夫人。ナルくんが言うなら」

「結婚おめでとう。もうおれの前に現れるなよ」

ああ、これでアネキから離れられる。

「それはあたしの自由よ」

「困るんだよ」

「あたしは困らないわ」

「自己中心的だな」

「あたしの世界はあたし中心に回ってるわ」

「そんなんだからこっちは縁を切りたくなるんだよ」

あー、アップルパイ。

「あたし、行くわね。予定外にも告白しちゃったことだし」

「くれぐれもプロポーズは受けるように」

「わかったわよ」

ソファから立ち上がったアネキは真っすぐ玄関に向かった、かと思いきや、おれに抱きついた。おれは何が起こったのか把握するまでに心の時間がたくさん必要だった。それこそアップルパイをふたつ食べ終わるくらい。何秒経っただろう。二、三分間くらいか。アネキはすっと離れた。長かった。あまりに静かで、でも変な感じ。混ざってる。頭の中は考えがまとまっていないのに、心の中は沈んでいて、悲しい。

「今、わかった、って言ったじゃねえかよ」

「わかってるわよ。じゃあ、行くから」

「とっとと行け」

冷たいと思われようが仕方ない。これしか道がない。ここまで拒否するなんて、逆に執着してるみたいだな。それもまた仕方ない。さらに「愛してる」なんて言われてしまったからには、拒否するしかない。拒絶が何だと言うのだ。悪いか。これがおれの犯した罪だとしても、そんなの知らない。どうやら繊細な部分（繊細な人格？）も持ち合わせているというアネキに、ツラく当たるのはそんなにいけないことだろうか。すべてアネキ中心に世界が回っているわけではないのだ。人格がいくつもあるなら、なおさらこの世界、生き抜きやすいのではないだろうか。あいつなら、できる。

「じゃあね」

「もう来るなよ」

「はいはい」

何とも投げやりな返事だ。まったく心がこもっていない。この世で生きていくための教科書があるのならば、アネキの行動は不正解だ。

十二

アネキが出ていったあとの部屋はすっからかんになってしまった水槽のようで、おれは水を失った魚のように苦しくなった。「愛してる」だと？　おれがどんな思いで縁を切ったと思っている。お前にはわからないだろうな、一生。だって、おれはおれの気持ちを墓の中まで持っていくんだから。自分という名の本質を隠したり、それでも心がいっぱいになったような、沸騰したような気持ちになって、道を歩いていくんだから。

まさか、お前の髪に触れたいだなんて、言わない。
まさか、お前の頬に触れたいだなんて、言わない。
まさか、お前の唇に触れたいだなんて、言えない。
まさか、お前を抱きしめたいだなんて、絶対に言えない。

アネキがおれの前に現れなくなってから、二週間後。知らない電話番号から電話がかかってきた。

「はい」

「あ、ナルく～ん？　元気～？」

この声は、アネキだ。

「何の用だ」

「結婚式の予定が決まったから、連絡。お父さんとお母さんにも言っといて」

「そんなの自分で言えよ」

「最後に面と向かって話したの、いつだと思ってるの？　今さら話せるわけないじゃない。連絡したとしても、あたしの声なんて覚えてないでしょう。きっとオレオレ詐欺だと思われちゃうわ」

「だとしても、おれを使うな」

「お願い。ナルく～ん」

甘い声で相手の了解を誘う。こいつの得意技だ。仕方ない。折れてやるか。

「わかったよ」

「あら。今日はなんだかやさしいわね」

「いつもだよ」

結婚式は三カ月後に決まったそうだ。これでおれはアネキから本当に卒業する。縁を切るどころの話じゃない。心の底から卒業だ。もがいたところで何にもならないから、おれは自分自身に蓋をする。今までの経験通り、アネキを避ける。そうすればきっと大丈夫だ。うまくいく。そのうち彼女なんて作っちゃったりして、アネキのことなんて、忘れる。それでいい。それが悲劇かどうかはおれが決める。そう、おれが。

ああ、今日はシュークリームが食べたいな。

クリームたっぷりの。

シュークリームを食べたら、昼寝しよう。

そしたら夢を見よう。あいつとまっさらの他人として生まれかわる夢。それできっとどこかで出会うんだ。妄想だって？　ああ、いいさ。ただの夢だからな。一緒にシュークリーム食べられたら、それもいいな。

結婚式当日。

美しかった。

半年前はまさか自分が生きているあいだに、アネキのウェディングドレス姿を見ることになるとは思ってもいなかったが、とにかく美しかった。このままアネキの手を取ってさらってしまおうかなんて、一瞬、頭の中を変な考えがよぎったが、やめておいた。両親が本当にうれしそうな顔をしていたからだ。あのトラブルメーカーのアネキが結婚できるなんて、驚きと感動以外の何ものでもないのだろう。

そうだ。帰ったら、いつもの生活に戻るんだ。アネキがおれとかりんの前に現れる前の生活。その生活にもうかりんはいないけど、あのアパートから、夕方になったらバーに徒歩で仕事に出かける。バーで将来のために勉強する。シェーカーを振って、お酒を提供する。三時までがんばる。ああ、それでいい。

今日の青空は、気持ちがよくて、どこか寂しい。

「『本名、幸子』はカミングアウトしたのか」

するとアネキは年甲斐もなく頬をぷうっと膨らませて、

「したわよ。もう、嫌なこと思い出させないでよ」

と、答えた。

「何、ケンカでもしたのか？」

おれは楽しくなって尋ねた。

「浩一さんはそんなことで怒らないわよ」

「何だ、つまらない」

いっそのことケンカでもしてしまえばいいのに、なんて、おれは嫌な男だ。さらにつづける。

「あのさ、何でわざわざプロポーズされたこと、ウチに報告しにきたわけ？」

まさか引き止めてもらえるなんて思ってないよな？　そんなことまで気付いてないよな？

「ナルくんなら……、ナルくんなら、ううん、何でもない。自慢しに行ったのよ！」

おれなら、何だよ。気になるじゃんかよ。もう、知らない。こいつのことなんて、知らない。おれが今までどんな思いでどれだけこいつを避けてきたと思っているんだ。縁を切るまでしたのに。こんなふうにちゃっかり、新婦様控え室にふたりきりでいる。

両親は新郎の両親に挨拶に行って不在だ。

「いいか、一度だけしか言わないから、しっかり聞いとけよ」

「なあに」

真っ白いウェディングドレスに身を包んだアネキが、おれの顔を見て答える。

おれはアネキの目を見つめて、言う。

「きれいだよ」

そのたったひと言を聞いたアネキのふたつの瞳から、ツーッと涙がこぼれ落ちた。

著者プロフィール

伊吉　マリ（いよし　まり）
1986年1月21日生まれ。
静岡県出身。
うつ病を患い、高校中退。大検取得後、アメリカの短期大学を卒業。帰国後、てんかんと双極性障害を発症。

あたしとわたしとメロンソーダ

2023年1月15日　初版第1刷発行

著　者　伊吉　マリ
発行者　瓜谷　綱延
発行所　株式会社文芸社
〒160-0022　東京都新宿区新宿1－10－1
電話　03-5369-3060（代表）
03-5369-2299（販売）

印刷所　株式会社暁印刷

ISBN978-4-286-26013-6